ZUWEILEN SINGT DIE CALLAS

Ein Haus in Italien

Maria Hellmann

ZUWEILEN SINGT DIE CALLAS

Ein Haus in Italien

*Bibliografische Information der Deutschen Nationalbibliothek:
Die Deutsche Nationalbibliothek verzeichnet diese Publikation in der Deutschen Nationalbibliografie; detaillierte bibliografische Daten sind im Internet über http://dnb.dnb.de abrufbar.*

*TWENTYSIX – Der Self-Publishing-Verlag
Eine Kooperation zwischen der Verlagsgruppe Random House und BoD – Books on Demand*

© 2017 Maria Hellmann

*Herstellung und Verlag:
BoD – Books on Demand, Norderstedt*

ISBN: 978-3-740-71363-8

FATTO – GESCHAFFT

Vissi d'arte, vissi d'amore... der Lautstärkeregler steht auf zweiundvierzig und ich auf unserer Terrasse, angelehnt an einer Säule des *Porticato*, der uns in den heißen Sommermonaten Schatten spendet. Eigentlich bin ich kein Opernfan, alleine schon wegen der seichten Geschichten um Liebe, Eifersucht, Intrigen, Mord und Totschlag. Aber es gibt Arien, vorausgesetzt sie sind in opernferne Handlungen eingebettet, die bei mir durchaus Begeisterung auslösen können. So war es zum Beispiel „Eine verhängnisvolle Affäre" mit Glenn Close und Michael Douglas, die mich verleitete „The Best of (ich neige zu Effizienz) *Madame Butterfly*" zu kaufen.

Und jetzt dröhnt Puccinis „Tosca" aus unserem Wohnzimmer, ohne einem Nachbarn auf die Nerven zu gehen, denn die befinden sich spärlich verteilt entlang einer entlegenen Landstraße, die einem Flickenteppich gleicht. Mit ausgefransten Rändern schlängelt sie sich über die Hügel und käme nicht einmal im Jahr im Schritttempo der kleine Lastwagen mit einer Fuhre Asphalt vorbei, den zwei Männer mit Schaufeln einhändig (sie stehen auf zwei Trittbrettern hinten am Wagen) mit einer unerfreulichen Trefferquote in die vom Regen ausgespülten Löcher zielen würden, gäbe es gar keine Strasse mehr.
Nur wenige Autos befahren dieses dauerhafte Provisorium, was auch der Grund sein wird für die Vernachlässigung.

Das sind der kleine gelbe Schulbus, der Postbote, die Nachbarin auf dem Weg zur Arbeit oder zurück zur Mittagspause (man kann die Uhren danach stellen!), *la Dottoressa* vom Ende der Straße, der Mann von Marina, die bei uns die Fenster putzt, die übergewichtige Antonia mit den vielen Obstbäumen und Flavio, der das Sauerstoffgerät auf dem Beifahrersitz mitführt. Mittlerweile nehmen wir sie nur noch akustisch wahr, wir sind über die Jahre eingewachsen. Nicht so undurchdringlich wie Dornröschen. Kein Prinz muss sich hier durchs Dickicht schlagen, um mich zu erlösen. Ich bin schon erlöst. Gerade wegen der Hecke.

Oleander, Lorbeer, Red Robin, Liguster, Corbezzolo und Viburnum umrunden unsere 5000 Quadratmeter Grund und Boden in Italien. Letzteres verhält sich wie die hinterhältige Forsythie. Jahrelang ging ich in Deutschland diesem viel versprechenden Gelb im frühsten Frühjahr auf den Leim. Rannte in den Keller, um die Gartenmöbel hoch zu schleppen. Und waren sie oben und entstaubt, gab es Kälteeinbrüche, Sturmwarnungen und Dauerregen. Mit anderen Worten, eine gefühlte Wiederholung des gerade überstandenen Winters.

Diese Täuschung (mit einer Blüte in Weiß) findet in Mittelitalien in der zweiten Februarhälfte statt. Wenn der Red Robin allerdings seine neuen, roten Triebe bekommt, dann ist Hoffnung berechtigt, dann geht es bergauf. Mit den Temperaturen und mit der Psyche. Am wuchsfreudigsten ist der Lorbeer, der echte, den man in Suppen und Eintöpfen mitkocht. Da schlägt das Grün im Heckenverlauf wie bei einer Sinuskurve

nach oben aus. Setzt mein Mann zum Frühjahrsschnitt an, und Bergen des immergrünen Küchenkönigs droht der Schredder, möchte ich beim Gewürzriesen Ostman anrufen und ein Geschäft vorschlagen. Möchte. Ich tue es aber nicht.
Dolce vita darf sich mittlerweile wohlverdient in unser Leben mischen.

Zwei Jahre haben wir uns kein Wochenende gegönnt. Haben Steine geschleppt, Balken gesäubert, Fliesen geklebt, Fugen gefüllt, Farbe verteilt, Unkraut vernichtet. Haben Wind und Wetter ignoriert, Gelenkschmerzen ertragen, Hornhäute gebildet, Permanentschmutz unter den Fingernägeln angelegt, Tiefschläge weggesteckt, Entscheidungsblockaden überwunden, Sprachbarrieren abgebaut und ein Gefühl für tiefe Zufriedenheit entwickelt.

Ich seufze heute noch manchmal einfach nur so vor mich hin mit dem alten Bauernhaus im Rücken und dem Blick in eine Hügellandschaft, die sich wie eine Patchworkdecke faltenschlagend auf die Berge zubewegt. Der Monte San Vicino, der Revellone, der Monte Murano, der Catria und Accuto sind das Stückchen Apennin, das uns in der Ferne scherenschnittgleich den Horizont bereitstellt. Eine atemberaubende Aussicht, die sich vor vierzehn Jahren in Kaufentscheidung niederschlug, als wir kniehoch hinter dem bröckelnden Haus im Unkraut standen.

Für mich ist das heute noch unfassbar. Zumal ich nie vergessen habe, dass ich schon im Alter von siebzehn Jahren mein Leben als gescheitert erklärt hatte. Da hielt ich an einem Heimfahrerwochenende den Daumen raus, um kostengünstig vom Internat nach Hause zu kommen, während ich auf der anderen Straßenseite eine Frau beobachtete, die im Vorgarten Unkraut zupfte.

Werde ich nie tun! Derartige Tätigkeiten stehen bei Siebzehnjährigen auch nicht gerade ganz oben auf der Prioritätenliste, ich sah das mehr unter dem Aspekt, dass ich in meinem Leben niemals ein Eigenheim mit Vorgarten bewohnen würde. Die fehlenden Vorraussetzungen waren offensichtlich. Was ich aktuell bieten konnte, waren Übergewicht, fettige Haare, einen verschwitzten Acrylpullover mit unvorteilhaften Blockstreifen über dem massigen Busen, und ein Zeugnis mit der Bemerkung, dass die Versetzung gefährdet sei. Diese Grundlagen waren weit unter mittelmäßig angesiedelt.

Das war Endzeitstimmung im Keimstadium, aber auch die Basis dafür, dass bis heute nichts in meinem Leben so schnell zur Selbstverständlichkeit verkommt.

IL DESIDERIO – DER WUNSCH

Ich hätte Architektin werden sollen. Nicht, weil die Eltern darauf bestanden. Meine Anlagen sprachen dafür. Meine Kindheit war vom Häuserbauen geprägt. Im Kindergartenalter räumte ich Schränke aus und zog ein, das Stockbett wurde mit Decken verhängt, später habe ich Feldsteine gestapelt, Strohballen geschichtet, großzügige Grundrisse auf den nahegelegenen Schulhof gemalt, Schneedecken festgeklopft und Blöcke für ein Iglu abgestochen, ich habe mich in die Erde gegraben und bin auf Bäume geklettert. Aber... ich wurde nicht versetzt und schmiss den Rest hin, so dass lediglich eine Mittlere Reife übrig blieb

Mein Mann erkannte meine Qualitäten jenseits der Schulbildung. Da Umzüge auch zu meiner Leidenschaft gehören (fünf Umsiedlungen alleine in meiner Kindheit), gingen unsere häufigen Ortswechsel reibungslos über die Bühne. In den Achtzigern lebten wir in Madrid und durften fünf zuverlässige Sommer erleben. Zugegeben, die Winter konnten dort durchaus frostig sein, und den Spruch *„Antes de cuarenta de mayo no te quites el sayo"*, also dass man vor dem vierzigsten Mai den Mantel nicht ablegen sollte, hatte man bestimmt mit klappernden Zähnen und einem ausreichenden Erfahrungsschatz ins Leben gerufen. Aber wenn der Sommer kam, dann blieb er auch. Ich muss gestehen, dass ich manches Mal beim Fönen meiner langen Haare weinte, während mir der Schweiß über den frisch geduschten Körper rann, und wenn ich die Kinder in ihren glühenden Zimmern zu

Bett brachte, sie und die Laken nach dem Gute-Nacht-Kuss mit Wasser besprengte, dann hatte ich das Gefühl, eine Nottaufe vorzunehmen.

Die Sommermonate hatten aber vor allem etwas Entspannendes. Die Tage begannen mit einem blauen Himmel und einer gefühlten Restkühle der Nacht. Die Abende liefen wohlig träge dahin bis zum späten Zubettgehen, begleitet von Grillengezirpe und nachbarlichem Raunen. Das Zwischenstück lag in der Gluthitze, man selbst im Schatten oder saß im wohltemperierten Büro. Die Kleidung war leicht und so auch irgendwie das Leben.

Zurück in Deutschland und nach zwei nicht wirklich stattfindenden Sommern, mit Nachbarn, die sich mit den Regeln der Grenzbepflanzung bestens auskannten, wuchs der Wunsch zum Haus im Süden. Mit ganz viel Land drum herum und wenig Nachbarschaft. Gerne ein kaputtes, wir würden es mit Leidenschaft wieder ganz machen.

Nicht gleich, die Zukunft lag noch in weiter Ferne, in der Zwischenzeit organisierte ich weitere Umzüge, und die Kinder wurden ins Leben entlassen.

LA RICERCA – DIE SUCHE

Ich hatte ein festes Bild vor Augen.
Wie beim Schuhkauf. Bevor ich losziehe, weiß ich schon, wie der Schuh auszusehen hat. Ich durchstreife alle zur Verfügung stehenden Läden und probiere eine Alternative nach der anderen, um mich ermüdet und desillusioniert für eine davon zu entscheiden, worüber ich mich schon an der Kasse ärgere. Wird dann auch noch von der Verkäuferin die Tüte zusammen mit den Worten „Viel Spaß damit" über die Theke gereicht, kämpfe ich mit den Tränen.

Ich war nicht frei von Angst, ein Haus kauft man nicht wie ein Paar Schuhe, wo man die richtigen, was nicht nur einmal vorkam, kurze Zeit später in einem Schaufenster entdeckt.

Da könnte man sich den Luxus eines zweiten Paares erlauben,... aber zwei Häuser?

Mit einem wäre unser Glück perfekt, auch wenn sich vor meinem inneren Auge zwei Haus-Bilder tummelten. Eines für die Seele und eines, das die Realität abbildete. Die wurde über Jahre von Postkarten, Fotokalendern, Illustrierten, Werbung und Filmen genährt. Ein Mischmasch aus Hügellandschaften, Zypressen, Palmen, Klatschmohn, warme Steingemäuer, Fensterläden, abblätternde Farbe, Holzgebälk, überdachten Terrassen mit langen Tischen und vielen Stühlen.

Für die Seele sang Maria Callas lautstark und in höchsten Tönen. Tosca erschütterte ein weitläufiges, kühles Wohnzimmer und drang durch ein doppelflügeliges Fenster auf eine mit Wein beschattete Terrasse hinaus, gefolgt von wehenden Vorhängen aus luftigem, weißem Leinen.

Wir fingen Mitte der 90er an, in den Angeboten rumzustöbern. Nur mal so, unverbindlich, nebenbei eben, ein bisschen vortasten, den Markt abklopfen. Es wäre eine Katastrophe gewesen, wenn ich die Callas hätte singen hören! Noch war von Ruhestand keine Rede. Einen kaum genutzten Zweitwohnsitz hätten wir uns nicht leisten können.

Wir leisteten uns aber mehrere Spanienurlaube. Das Land hing uns noch nicht aus dem Hals, und wir genossen immer wieder den Vorteil, der Landessprache mächtig zu sein. Wenn man im Urlaubsland kommunizieren kann, bekommen Insidertipps von Reiseführern den Stellenwert von Wetternachrichten des Vortages. Wir bereisten Ecken, die wir kannten. Wir kannten viele. Wir kannten Spanien. Die Kirchen und Kathedralen, die Altstädte, Amphitheater und Aquädukte, Strände und Hinterland, Berg und Tal. Wir taten beide so, als wolle man sich nochmals, und vor allem ohne quengelnde Kleinkinder, den Kulturgütern widmen, dabei hielten wir nebenbei nach Maklerbüros Ausschau und studierten von außen die bebilderten Angebote in den Fenstern.

Manchmal fanden wir uns ganz erstaunt hinter den Scheiben in klimatisierten Räumen wieder. Keiner von uns wollte die treibende Kraft gewesen sein… einfach mal dazu was hören, was man draußen gesehen hatte. Und hier und da blieb eine Objektbesichtigung nicht aus, und wir lernten viel über die Sprache der Makler und die Kunst des Fotografierens.

LA REALTÀ – DIE REALITÄT

Nach den schon erwähnten zahlreichen Umzügen und den damit verbundenen Wohnraumrecherchen, hielt ich mich für resistent in Sachen „Enttäuschung bei Immobiliensuche".

Aber mein Panzer wurde aufgebrochen. Und das schon ganz zu Anfang, als wir nicht wirklich etwas finden wollten, nur eine Bestätigung suchten, dass, wenn es so weit wäre, wir die Qual der Wahl hätten.

Es fing mit einem Grundstück auf Mallorca an. Ein Grundstück war uns sympathisch. Das konnte man liegen lassen wie Laub im Wald. Da gab es wegen Abwesenheit und gegen Geld kein Haus zu hüten, keinen Garten zu pflegen, weder Einbrüche zu bedauern, noch Unwetterschäden zu beheben. Da durfte das Unkraut wachsen, und wir könnten Pläne schmieden. Könnten uns über Jahre berauschen an maximaler Vorfreude und dann irgendwann nach vollbrachter Tat „La Tosca" hören.

Ein Tipp von Freunden, die es von Freunden...und die wiederum von Freunden...

Es war ein sonniger Tag mit tiefblauem Meer und dunkelgrünen Pinien. Der Makler war jung und braungebrannt, also die richtige Mischung für Feriengefühle in hochkonzentrierter Form, die gleich eine gewisse Sicherheit mitlieferte, dass in diesem Idyll kein Platz für linke Geschäfte ist.

Das Grundstück lag nicht schlecht, die Nachbarschaft auf gesundem Abstand, der nächste Ort in

Sichtweite, das Meer am Horizont. 3000 Quadratmeter überwuchert von Krüppelholzgewächsen, Buschwerk, Brombeerhecken und hüfthoch vertrockneten Unkräutern und Gräsern.

Nein, mit der Baugenehmigung sei das kein Problem,...die weißen Zähne blitzten, die Augen blieben hinter verspiegeltem Brillenglas verborgen, und in kurzen Hosen und Turnschuhen durchpflügte er mit seinem athletischen Körper die widerspenstige Vegetation. Man müsse nur die alten Grundmauern finden,... *saper còmo sopla el viento...*, also wissen, wie der Hase läuft. Sein Großvater würde sich gut erinnern, dass hier einmal ein Haus gestanden hatte. Großzügig schwenkte er seinen rechten Arm über das Terrain, wir müssten nur herausfinden, wo. Aus *wir* schloss er sich aus und verabschiedete sich mit der Empfehlung, wo man sich Spitzhacken besorgen könnte.

Mit den Freunden schürften wir dann tatsächlich ein paar Stunden nach steiniger Legitimation. Die Freunde meinten, wir sollten den Großvater finden. Aber nach soviel Sucherei hatten wir auf den auch keine Lust mehr.

Wir standen nicht unter Zeitdruck. Im folgenden Herbst fuhren wir von der Costa Blanca gen Süden. Das war Ende der 90er.

Bei Calpe lockte uns ein Angebot in eine *urbanización,* eine Ferienhaussiedlung mit ganz viel Nachbarschaft. Die meisten Bewohner befanden sich offensichtlich in ihren Heimatländern, um einem Beruf nachzugehen, damit der Alptraum hier finanziert werden konnte. Ich sah ihn schon vor mir, unseren potentiellen Anrainer. Typ Gebrauchtwagenhändler aus Wuppertal mit goldener Panzerkette, welche aus dichtem Brusthaar blitzt, das aus einem offenstehenden schwarzen Oberhemd quillt und von langbeinigen blonden Mädchen während der bis in die frühen Morgenstunden andauernden Partys gekrault würde. Nein, hier konnte von freistehend keine Rede sein! Uhr und Siegelring des Maklers blinkten in der Sonne, während unser spürbares Desinteresse seinen Blick verdunkelte.

In Altea gab es Bekannte, aber auch nur wenig Aussicht auf das, was wir suchten. Benidorm mit seiner fürchterlichen Skyline ließen wir ungesehen hinter uns und übernachteten in einem „zweckmäßigen" Hotel in Alicante. Dieses unerträgliche Wohngefühl nebst einiger Blicke auf die teils lieblosen Farbfotokopien, die in den Fenstern der Maklerbüros klebten, reichten aus, die Suche abzubrechen, und so rollten wir einfach nur gen Süden, wo man sich offensichtlich im Raum Almeria vorgenommen hatte, die Landschaft in Plastik einzupacken. Somit flog ein großer Streckenabschnitt Spaniens schon mal aus unseren Überlegungen raus, was die Sache nicht unbedingt einfacher machte, aber trotzdem etwas Beruhigendes nach sich zog.

Ganz entspannt waren wir dann Anfang 99, als mein Mann beruflich nach Taipei gerufen wurde. Sechs Jahre Asien standen uns bevor und die Herausforderung, Nahrung mittels Stäbchen aufzunehmen. Wir bemühten uns nicht, die Sprachfertigkeit schriftlich und mündlich hinzukriegen, aber all das Neue ab-

sorbierte unsere Aufmerksamkeit dermaßen, dass das Haus im Süden erst einmal zu den Akten kam.
Nicht ganz.

Ich kümmerte mich um das, was ich gut konnte (während mein Mann schon in 10 000 Kilometer Entfernung mit Stäbchen übte), und sorgte dafür, dass unser Hausrat in Container kam. Ich verbrachte die Nächte schon in einer leeren Immobilie auf einer ausgedienten Matratze, als **das** Angebot aus Mallorca im bereits namenlosen Briefkasten (ich kann Umzug wirklich gut!) lag.

Mein Langstreckenflug ging in zwölf Tagen, und auch mein Mann war dafür, dass ich noch eine Kurzstrecke einschob.

Ich war nervös. Wollte an das Bildmaterial glauben und hoffte gleichzeitig auf einen Reinfall.

Es schmetterte keine Callas, aber es war auch nicht verkehrt. Der Preis war tragbar, und mein Mann sagte *goumai* am Telefon. Das sei Chinesisch und hieße *kaufen*.

Lo tomo, sagte ich der Maklerin, als hätte ich mich gerade für ein Strickjäckchen aus der neuen Frühjahrskollektion entschieden. Das schien selbst der Maklerin zu schnell, die hatte ja noch nicht einmal die Möglichkeit, widerliche Maklerkniffe am Kunden auszuprobieren.

Wir verblieben auf *manana,* und ich verbrachte eine der schlimmsten Nächte meines Lebens, wenn es nicht wirklich die schlimmste war. Zentnerschwere Zweifel lagen auf meiner Brust und verhinderten notwendigen Tiefschlaf.

Die dunklen Ränder unter den Augen versteckte ich hinter noch dunkleren Gläsern und fuhr von Palma in ein grünes, von der Sonne beschienenes Landesinnere hinein, wo erste aufbrechende Mandelblüten Neuanfang verkündeten, und ich sah es als Zeichen und gab mir einen Ruck.

Meine Bereitschaft wurde allerdings jäh zum Welken gebracht, als mir Besitzer und Maklerin mit bedauerndem Lächeln erklärten, dass nun doch der zögerliche Engländer mit Optionsanspruch zugeschlagen habe.

Acht Tage später saß ich im Flieger nach Taiwan und fühlte mich frei und offen für alles.

IL COMPUTER – DER COMPUTER

Weit von der Heimat, getrennt von Familie und Freundeskreis, füllte ich unzählige, flatterige Luftpostpapierseiten, um den „Hinterbliebenen" von unserem neuen Leben zu berichten. Ein Großteil der Antworten erreichte mich auf elektronischem Weg, was mich zwang, in die Welt des Computers einzutauchen (ich habe mich Jahre gewehrt, diese Technik an mich heranzulassen, zumal ich kurz nach unserer Erstanschaffung wertvolle Zeit verlor, als mir die Kinder zeigten, Frösche bei zunehmendem Verkehr sicher über die Straße zu bringen).

Immobilien Mallorca tippte ich in die Google Suchleiste ein und vergaß das Mittagessen. Selbst wenn ich mir über Jahre das Mittagessen verkniffen hätte, keines der Objekte wäre bezahlbar gewesen! Aber es waren schöne Bilder. Ein Stück Europa mit blauem Himmel und Wärme ausstrahlendem Natursteinmauerwerk. Ich brauchte den Klick immer öfter, Kompensation für so manche Taipeh-Hässlichkeit.

Casa De Barriles. „Haus der Fässer" auf gut Deutsch, und am gleichen Abend versuchte ich meinen Mann zu überzeugen, dass dies kein Fass ohne Boden sei, und das sich obendrein in unserer Preisklasse befand.

Mein Sommerheimatflug stand mir noch zu, und da bastelte ich mir einen Gabelflug zur Insel im Mittelmeer hinein.

Ich käme extra aus Asien angereist, sagte ich dem Makler am Telefon (einer der vielen Deutschen, die an ihr Glück unter Spaniens Sonne glaubten). Das sollte meine Garantie sein, dass die Realität den Angaben im Exposee und dem Fotomaterial standhalten konnte.

„ Ein wahrer Glücksgriff. Verlieren Sie keine Zeit!"

Ich verlor Zeit. Ich verlor Vertrauen. Ich verlor die Nerven.

Ein wolkenloser Himmel überspannte die Insel, als ich mich am Morgen mit dem Mietwagen auf den Weg zum Treffpunkt machte. Sozusagen ein verkaufsfreundliches Wetter, und mich beglückten die Werbetafeln am Wegesrand, weil ich in der Lage war, sie zu lesen. Wenn man für längere Zeit ganz weit weg ist von zuhause, bekommt Europa einen neuen Stellenwert.

Ana Belèn sang im Radio *La puerta de Alcalà,* und ich sang laut mit und haute mit den Händen im Takt auf das Lenkrad. Um 10.00 Uhr sollte ich an der Repsol Tankstelle bei Manacor sein. Ich durchfuhr abgeerntete Landschaft. Ich war pünktlich. Neben einem kleinen weißen Seat stand ein Mann mittleren Alters. Ich weiß nicht warum, aber ich erkenne Deutsche sofort. Das lag nicht am beigen Kurzarmhemd, was eins mit der Gesichtsfarbe war. Auch die unregelmäßig raus gewachsene Frisur hatte keinen Einfluss auf meine besondere Wahrnehmung. Hinter dicken Brillengläsern konnte ich zwei Schweinsäuglein ausmachen. Sollte das der Makler sein, ist der noch ganz am Anfang mit der Hoffnung auf das Glück.

„Bitte nicht..." betete ich im Stillen, aber da hörte ich schon meinen Namen in zögerlicher Frageform. Ich musste bejahen, während in mir etwas Großes zusammenbröckelte, und ich wunderte mich, nicht inmitten eines kleinen Schutthaufens zu stehen.

Das konnte nichts werden! *Das sagt mir mein Gefühl*, heißt es im Sprachgebrauch. Bei mir schien jede Körperzelle diese Auffassung zu vertreten.

Herr Bollhagen gab mir seine spröde Hand mit den vom Rauchen vergilbten Fingern. Er drückte nicht feste zu, und bekam von mir nicht den geringsten Gegendruck. Das Aufeinandertreffen unsere Blicke stand dem vorhergegangenen Händedruck in nichts nach, während auf der MA 15 der Verkehr vorbeirauschte und unsere gequälten Begrüßungsworte teilweise verschluckte.

Nicht in seinem Wagen mitzufahren, rieten mir meine weiterhin kooperativen Körperzellen, und so folgte ich ihm mit meinem roten Polo aus der platten Landwirtschaft heraus in eine mallorquinische Hügellandschaft hinein.

Mein Auge prüfte, was sich links und rechts auftat und bemerkte irgendwann Herrn Bollmanns Arm, der heftig im Gleichtakt mit dem Blinker aus dem Fenster winkte. Dann standen wir im trockenen Gras an einer kleinen Landstrasse, und ich sah keinen Grund, warum.

„Da oben", sagte Herr Bollmann, „sehen Sie dort oben die beiden Schornsteine hinter den Bäumen? Das ist es..."

„Ich möchte das ganze Haus sehen", sagte ich, "was soll ich mit den Schornsteinen?"

„Ich wollte Ihnen nur schon mal die wunderschöne Lage zeigen!"

Herr Bollmann wollte offensichtlich meine Vorfreude schüren.

„Von dort oben haben Sie einen wunderbaren Blick!" Er zog an seiner Zigarette, als handelte es sich um den letzten Atemzug.

Als wir uns die Anhöhe hoch schlängelten, lehnte er sich ständig aus dem Fenster und zeigte lächelnd in die Ferne.

Mich interessierte nur noch das Naheliegende, und das versank in einer freigelassenen Vegetation.

„Möchten Sie auch eine Zigarette?", die Schachtel vibrierte in seiner ausgesteckten Hand.

Bemerkte er nicht, dass ich schon auf andere Art und Weise rauchte? Ich zischte ihn an, von wann denn das Fotomaterial sei, und bat, dem genialen Fotografen vorgestellt zu werden.

„Lassen Sie uns doch erst einmal reingehen", er fummelte an einem dicken Schlüsselbund, die Zigarette hing zwischen seinen Lippen und dicke Schweißperlen bildeten sich auf der Stirn.

Ich wollte gar nicht mehr rein. Das Haus war ein Häuslein. Im kleinen Pool dümpelte brackiges Restwasser, und der sagenhafte Blick wurde von Tränenflüssigkeit getrübt.

Das sei alles ausbaufähig, man müsse nur die alten Grundmauern finden (das hatten wir schon!). Bollmann wühlte im ehemaligen Steingarten und zeigte mit einem Anflug von Stolz auf eine wackelige Stützmauer.

Ich war noch nie für Unabhängigkeit so dankbar! Ich wendete den roten Polo und rollte ins Tal hinab, gefolgt von Herrn Bollmanns verzweifelten Zurufen, die durch die offenen Fenster drangen, dass er noch andere Objekte an der Hand habe. Herr Bollmann war offensichtlich völlig enthemmt dem Glück unter Spaniens Sonne hinterher!

IL GIURAMENTO – DER SCHWUR

Wir versprachen uns in die Hand, alle Finger von der Sache zu lassen, bis wirklich der richtige Zeitpunkt gekommen sei. Davon profitierten Australien, Neuseeland, Kambodscha, Vietnam, Hongkong und Thailand. Wir nutzten die Plattform in Asien und reisten ins Drumherum.

Angesichts der dort verlockenden Märkte versicherten wir uns gegenseitig, dass sich das abgelegte Gelübde nur auf das Gebäude bezog, nicht aber auf dessen Inhalt. Somit war dem Kaufrausch in fremden Ländern nichts mehr entgegenzusetzen.

Tischdecken, Kissenbezüge, Hängematten, Körbe, Tabletts, Bestecke, Kunst für die Wände und sogar ein Waschbecken aus Edelstahl (welches mein Mann durch Bangkok schleppte und am Flughafen um Toleranz bettelte, damit es als Handgepäck durchgewunken wurde), türmten sich in einem Zimmer, was wir von nun an „Zukunft" nannten.

Ich hielt mich gerne in der Zukunft auf, sortierte all die Pretiosen, nahm sie in die Hand, strich verträumt drüber und googelte mich heimlich durch Südeuropa.

Nicht ich,...es war mein Bruder, der uns schwach werden ließ. Er hatte die Adresse eines Superschnäppchens auf Mallorca, ohne Fotos oder eigene Eindrücke. Informationen aus erster Hand, die Hand eines vertrauensvollen Geschäftsfreundes. Ein schon lange unbewohntes Objekt mit Renovierungspotential und verwildertem Garten. Etwas, was man weiterhin vernachlässigen könnte.

Da wir sowieso unsere Europaflüge gebucht hatten, sagten wir uns, warum nicht einen Blick drauf werfen und nahmen auch noch meine Mutter mit. Quasi eine Alibi-Mitreisende. Drei Tage Mama Mallorca zeigen, weil sie es noch nie gesehen hatte.

Es war Ende Juni, die Saison schon aus den Startlöchern raus und die Preise für die kurzfristig angefragten Bleiben ganz oben.

*Tun wir Mama mal was Gutes...*kaum auf der Insel, wählten wir wie abgesprochen die angegebene Nummer.

„Diga...!"

„Hallo,... wir telefonierten vor drei Tagen wegen der Immobilie bei Esporles. Sind Sie Herr Tappmeyer?"

„Tappmeyer nicht da."

„Oh, wir sind extra angereist. Der wollte uns sein Haus zeigen. Er wollte verkaufen."

„Tappmeyer verkaufen...?"

„Ja...! Wissen Sie, wo wir Herrn Tappmeyer erreichen können?"

„Senor Tappmeyer Deutschland."

„Ja das ist ja herrlich! Können Sie uns wenigstens sagen, wo das Haus liegt, damit wir mal von außen schauen können!"

Während mein Mann Notizen machte, stieg bei meiner Mutter der Blutdruck, als würde man ihr das eigene Häuschen konfiszieren. Ich kramte in meiner Handtasche nach weiterem Papier für eine Beschreibung, die so umfangreich war, dass ich mich fragte, ob sich das Haus überhaupt noch auf dieser Insel befand.

Bevor wir unser Gepäck zum Hotel brachten, fuhren wir von Palma nach Esporles . Schon von weitem leuchtete der kleine Ort aus dem Grün der Sierra de Tramontana heraus. Ich war begeistert, und bei der Durchfahrt legte ich schon diverse *Restaurantes* fest, in denen wir dann essen würden, nachdem die Callas gesungen hätte. Verträumt wendete ich meinen Blick zurück, als wir aus dem Kleinod über die M 1100 wieder hinausfuhren Richtung Banyalbufar, hinein in eine wundervolle Landschaft. Wir saugten sie beide in uns hinein, nur meine Mutter bekam davon nichts mit, weil sie mit dem Fremdproblem „Herr Tappmeyer" noch nicht fertig war.

Weiter ging es über die Ma 1101 nach Puigpunyent, und tatsächlich sahen wir nach 5 Minuten das Stromhäuschen auf der rechten Seite.

Volem ricuperar la nostra illa. In großen, blauen Buchstaben eilig auf grauen Putz gesprüht. Die Mallorquiner wollen ihre Insel zurück, ich konnte es ein bisschen verstehen, sie hatten mein Mitgefühl, aber meine eigenen Bedürfnisse hielten es in Grenzen.

Wir bogen links in die Schotterstrasse ein und hielten die Augen offen, damit wir die zweite unbefestigte Strasse auf der linken Seite nicht verpassten. Das sogenannte kurze Stück schien kein Ende nehmen zu wollen. Wir holperten durch mediterrane Macchia und suchten die Landschaft nach verlassener Zivilisation ab.

Meine Mutter wurde auf der Rückbank ordentlich durchgeschüttelt, und wie bei einem Schluckauf stolperte das Wort „Unverschämtheit" ununterbrochen aus ihrem verbitterten Mund.

„Selbst wenn wir in Kürze auf irgendetwas stoßen, was der bewohnbare Teil dieser Wegbeschreibung ist,...hier werden wir niemals einziehen!" Mein Mann versuchte mit gespielter Geduld auf dem zerfurchten und von Unkraut überwucherten Feldweg Spur zu halten.

„Ich will nur noch einen Platz zum Wenden finden."

Der wurde vor einer Einfahrt mit einem rostigen, doppelflügeligen Eisentor bereitgestellt. Ich war neugierig aufs Dahinter und folgte den Spuren über den runter getretenen Maschendraht zu einem Haufen Feldsteinen. Das ist jetzt vielleicht übertrieben, da gab es noch eine Tür und ein paar Fenster, die mit ihren spitzen Scherbenresten, die noch in den Rahmen steckten, aussahen wie aufgerissenen Mäuler wilder Tiere.

Das Auto war schon auf Rückfahrt ausgerichtet. Ich warf mich auf den Beifahrersitz und drehte mich meiner Mutter zu.

„Mama, was möchtest du alles sehen auf Mallorca?"

QUALE PAESE – LÄNDERFRAGE

Wir kümmerten uns eine ganze Zeit lang gar nicht mehr. Ich glaube, wir waren beleidigt.

Es war ein Abendessen bei Freunden. Das ist im Ausland meist eine bunt gemischte Runde. Allerlei Nationalitäten, Neuzugänge, alte Hasen, baldige Rückkehrer, oder solche, die weiterziehen. Wir waren mit fünf Jahren Taiwan alte Hasen, in zwei Jahren würden wir zu den Rückkehrern gehören.

„What about your plans with this country house in Spain?"

Frank kam aus Johannesburg. Er und Linda gehörten zu den ganz alten Hasen. So alt, dass keiner mehr an ihre Rückkehr glaubte.

„Spanien wird es wohl nicht werden, aber die Idee mit dem Landhaus lebt."

Alle in der Runde hörten auf mit dem Besteck zu klappern und schauten uns an.

„Wo denn dann?"

„Keine Ahnung. Alles offen."

„You should go to South Afrika. There you can get eine preiswerte Farm mit allem Drum und Dran. Südafrika ist ein wunderschönes Land... really beautiful!"

Frank kam aus dem Schwärmen gar nicht mehr raus. Seine Augen glänzten und ich wurde das Gefühl nicht los, dass wir uns stellvertretend auf den Weg zurück in seine Heimat machen sollten.

Auf dem Nachhauseweg stellten wir uns dann auch die Frage, wenn nicht Spanien, wo dann?

Portugal?

Die Portugiesen verband ich immer mit kollektiver Melancholie. Mit dem Fado vertonen sie auch noch ihren Gemütszustand. In traurigem Moll wird von unglücklichen Lieben und sozialen Missständen gesungen und der Sehnsucht nach besseren Zeiten. Wie lange warten die schon?

Frankreich?

Ich würde endlich die Sprache richtig lernen und könnte meinen alten Französischlehrer (in den ich unsterblich verliebt war) beeindrucken,...wenn er noch lebte. Auf unseren Durchreisen haben wir ausschließlich schlecht und teuer gegessen. So ganz gegen den weltumspannenden Ruf. Das macht unsicher, von wegen, leben wie Gott in Frankreich, wenn das mit dem Essen schon nicht hinhaut.

Italien?

Ich fand meine Idee gar nicht so schlecht. Die Sprache hatte mit Spanisch so viele Gemeinsamkeiten. Die Nähe zu Deutschland. Man könnte mit dem Auto reisen, wenn wir uns nicht gerade ganz im Süden niederließen.

„Alles Betrüger...!"

Mein Mann hatte sich bis dahin nicht um den Abbau der von seinen Eltern anerzogenen Vorurteile gekümmert. Warum sie trotzdem all die Sommer seiner Kindheit im Land der Faulenzer, Betrüger und Mafiosi verbrachten, ist mir ein Rätsel. Bis in die Pubertät hinein fuhr er mit der Familie über die Alpen. Später auch im Alleingang mit Freunden und seiner ersten großen Liebe. Vielleicht betrachtete man es als eine Art Dschungelcamp der 50er und 60er-Jahre. Braungebrannt und vor allem wieder heile nach Hause kommen.

An diesem späten Abend tranken wir noch zwei Gläser Rioja, und ich versprach meinem Mann einen kleinen Weinberg in Italien.

Wir schliefen unruhig aber lange. Ich brachte Kaffee und den alten Diercke Atlas ins Bett. Irgendwie wusste ich, dass es einen triftigen Grund gab, ihn mit in die Umzugskisten zu packen.

„Schau, wenn wir in der Toskana etwas finden,… hier, in Küstennähe,…das ist nicht weit bis zur deutschen Grenze. Und das Umland…, was wir alles bereisen können. Ligurien, Umbrien, Wandern in Südtirol, Schnorcheln auf Elba, Kunst in Florenz…bitte, bitte,…"

Wir tranken Kaffee, und Italien ruhte aufgeschlagen auf unseren angezogenen Beinen.

„Dann lass uns doch mal in den Computer schauen!"

Ich warf beide Arme nach oben. Mit der Kaffeetasse. Um die Flecken an der Wand wollten wir uns nicht mehr kümmern. In zwei Jahren war Wohnungswechsel.

IL COLPO DI PARTENZA
DER STARTSCHUSS

Das Suchen bekam plötzlich eine andere Qualität. Wir mussten auf Ergebnisse stoßen, die Entscheidungen zuließen. Die Zukunft lag zu unseren Füßen, und die sollte ein Dach über dem Kopf haben, wenn wir hier die Zelte abbrachen.

Ich zerlegte täglich die Toskana aufs Neue. Ich stöberte aus weiter Ferne in den letzten Winkeln. Je tiefer ich drang, umso schlimmer wurden die Objekte. Als wollten sie sich wegducken, sich verständnisvoll dem Auge des Suchenden entziehen, weil sie selbst wussten, wie es um sie stand. Mit anderen Worten: es sah schlecht aus. Auf dem Markt befand sich, was nicht schon unter der Hand weggegangen war. Bewohnbare Ladenhüter, meist englische Eigentümer mit konsequentem Geschmack, der sofort an den Einsatz großkalibriger Schlaghammer denken ließ. Auch die Preise waren konsequent. Ganz oben. Von der Nachfrage geregelt. Toskana Arroganz.

Man würde also viel Geld ausgeben für etwas, das man, zumindest in Teilen, gar nicht haben möchte.

„Ohne mich...keine Nachfrage meinerseits!" schrie ich, schlug mit dem Kopf auf die Tastatur und blieb eine geraume Zeit so liegen.

Wenn man beim Googeln über Seite 10 hinaus kommt, verliert sich der Suchbegriff, er löst sich langsam auf in Wortverwandtem und hat früher oder später mit der Ausgangfrage nichts mehr zu tun.

Irgendwann verließ das System die Toskana, sprach von Immobilienskandalen, drohender Immobilienblase in Spanien, Hinweise, wie man seinen Mieter los wird, und welche Auswirkungen Schimmel besonders im Schlafbereich haben kann. Ganz vereinzelt stieß ich auf Berichte zu Alternativen zur überteuerten Toskana. Umbrien und die Abruzzen und eine Region, die sich Marken nannte.

Umbrien lag nicht am Meer, die Abruzzen schon zu weit im Süden, und die Marken hatte ich schlicht ignoriert.

„Wir werden im September einfach nach Florenz fliegen", sagte mein Mann und küsste die Tastaturabdrücke auf meiner Stirn.

„Wir schauen vor Ort, gehen in Maklerbüros, fahren übers Land, suchen verlassene Objekte und die dazugehörigen Besitzer, setzen uns in Bars und reden mit den Einheimischen so gut wir das können, und vielleicht sieht dann alles ganz anders aus als im Netz."

Der September war gar nicht mehr so fern, und die Sekretärin meines Mannes kümmerte sich um unsere Flüge, wobei noch eine Woche Hongkong vorangestellt wurde, da es dort für meinen Mann beruflich etwas zu erledigen galt. Ich ließ mich gleich mit einplanen wegen des unumgänglichen Zwischenstopps in Hongkong. Dann könnten wir von dort aus gemeinsam in unser Abenteuer starten.

Meine Recherchen im Internet gab ich nicht auf, ich wollte an den glücklichen Zufall glauben. Der blieb

aus, dafür aber lag Post von meiner Mutter im Briefkasten. Sie hatte einen Zeitungsausschnitt beigelegt, der zum Inhalt hatte, dass viele Deutsche sich ein Domizil im Ausland wünschten. Und wieder war von den Marken die Rede. Jetzt wollte ich es wissen.
MARKEN – Italien – Immobilien
Es rauschte. Zumindest in meinem Kopf. Eine Flutwelle heruntergekommener Landhäuser tummelte sich auf dem Bildschirm. Was auch immer ich öffnete, es wurden Objekte mit ausreichend Renovierungspotential bereitgestellt.
Die Preise hielt ich anfangs für Registriernummern. Ich konnte nicht glauben, dass ich mich plötzlich in solch einem Schnäppchenparadies befand.
Unter „Lesezeichen" stapelte ich vielversprechende Optionen.
Ich wählte die Nummer vom Büro meines Mannes.
„Bringst du uns bitte was vom Chinesen mit? Ich hatte keine Zeit zum Kochen!"
„Ist was passiert?"
„Nein, alles wunderbar in Ordnung!"
„Aber du klingst so aufgeregt. Ist wirklich alles in Ordnung...?"
„Komm einfach nach Hause. Und für mich bitte Beef Noodles."

Wie in amerikanischen Spielfilmen saßen wir mit unseren Pappboxen in der einen und den Stäbchen in der anderen Hand vor dem Computer. Zum Scrollen oder Klicken steckten wir die Stäbchen in die Nudeln. Irgendwann ließen wir sie stecken und platzierten die Boxen auf der Fensterbank. Wir tranken Rotwein aus

Australien und waren aufgeregter als Kinder kurz vor der Bescherung.

„Das ist ja der reinste Wahnsinn! Und wir könnten von Anfang an selbst gestalten!"

Ich wusste, dass ich meinen Mann begeistern würde.

„ Aber bevor wir jetzt in Euphorie verfallen, sollten wir uns über den Landstrich informieren."

Seine Sachlichkeit hatte ich in diesem Fall vergessen.

Die grüne Schwester der Toskana, ganz Italien in einer Region, höchste Lebenserwartung, niedrigste Kriminalitätsrate,...

„...und jede Menge Ruinen in sanfter Hügellage!"

„Gut,...Ling kann morgen unsere Flüge von München nach Florenz nach Bologna umbuchen, das schauen wir uns doch mal an."

Wir öffneten eine zweite Flasche Wein und sortierten den Lesezeicheninhalt nach Bedürfnissen, während im Hintergrund Eros Ramazottis *Dove c'è musica* lief. Wir legten vier Makler fest, und mein Mann öffnete (trotz meines Protests) Flasche Nummer drei. Seine im Rausch geborene Idee, vielleicht auch zwei Häuser zu kaufen, nahmen wir schwankend mit ins Bett.

PRONTI, ATTENTI E VIA
AUF DIE PLÄTZE, FERTIG, LOS

Ich saß in Hongkong eingewickelt in einer Decke auf dem Hotelbett und breitete alle Unterlagen zu den ausgewählten Maklern und Projekten vor mir aus. Die Klimaanlage bemühte sich um eine konstante Raumtemperatur von 18 Grad. Ich konnte sie nicht beeinflussen, auch das lächelnde Hotelmanagement blieb mir gegenüber kühl. Zentral gesteuert und vom Kunden verlangt. Ich war ein frierender Kunde, offensichtlich ein Einzelfall, der sich der Mehrheit fröstelnd beugen musste. Meine Genussfähigkeit lag auf Eis.

Ich hätte wieder nach draußen gehen können, mich bei 35 Grad auftauen lassen, aber das hatte ich seit den frühen Morgenstunden schon getan, jetzt war mir nach Ruhe nach dem Großstadttrubel.

In meinem Koffer suchte ich nach Kleidungsstücken, die für die kühleren Tage in Europa gedacht waren. Aber die Kälte wollte nicht mehr aus meinem Körper weichen. Beim Abendessen mit meinem Mann in einem Food-Court wähnte ich mich in einem Kühlhaus, und auch das bestellte Glas heißes Wasser änderte nichts am Blau meiner spröden Lippen.

Ich fing an zu kränkeln. Ein Zustand, der nach dem hotelinternen Restaurantbesuch (hier arbeitete die Klimaanlage noch effizienter als in den Zimmern!) am letzten Abend vor dem Abflug zu einer vorzeigbaren Erkältung ausgebaut wurde.

Da hatte ich wochenlang, nein... monatelang, wenn nicht gar Jahre einen Moment vor Augen, den ich geduldig ersehnte, von dem ich wusste, wie er sich anfühlen würde, ja, den ich fast schon spürte, der kleine Explosionen der Erregung auszulösen im Stande sein würde, und dann das!

Ich schleppte mich schwach und teilnahmslos, vom Fieber geschüttelt zu meinem Platz im Flieger. Das Personal schien besorgt. Man brachte Decken und Kissen und viel Wasser, damit ich meinen mitgebrachten Medikamentencocktail runterspülen konnte, um dreizehn Stunden in über 10 000 Metern Höhe im Dämmerzustand verweilen zu können.

Auf den Weiterflug ab München mussten wir gute drei Stunden warten. Normalerweise macht es mir Spaß, die Vergünstigung auszukosten, als Begleitung meines Mannes in der Senator- Lounge ofenfrische Brezeln und heiße Weißwürste mit süßem Senf frühstücken zu dürfen. Momentan aber hatte ich das Gefühl, dass Frühstücken in meinem Leben nie mehr stattfinden würde. Der Hals tat weh, der Husten erschütterte vor allem meinen Kopf und löste dort pochende Schmerzen aus, die Nase war dicht, der Körper kraftlos und die Wahrnehmung vernebelt.

Ich döste in einem dunklen Ledersessel, während privilegierte Fluggäste kostenlose Leckereien an mir vorbei trugen. Auf dem Teller meines Mannes lagen mittlerweile drei leblose Weißwurstpellen auf verschmierten Senfresten und Stücke einer Brezel. Er selbst war hinter einer deutschen Tageszeitung verschwunden.

Ich verschwand auch immer mal wieder, versackte im Halbschlaf, hustete mich wieder raus, und blickte unter schweren Lidern in unsere kleine Sitzrunde.

„Ein Jahr danach: Eine veränderte Welt?

Darunter das Foto eines zusammenrutschenden Zwilligturms und rechts im Bild ein winziges Flugzeug im Anflug, fast wie ein Rabe im Nebel, für das noch intakte Gegenstück.

Das war die heutige Schlagzeile. Ich blieb krankheitsbedingt gleichgültig.

Erst knapp zwei Stunden später schoss bei mir ordentlich Adrenalin ein, und zwar in dem Moment, als wir unseren Flug nach Bologna antraten.

„Wir müssen am falschen Gate sein", sagte ich meinem Mann. „Wir sind die Einzigen, die aufs Boarding warten!"

„Nein, da hinten sitzt noch ein Mann mit seinem Aktenkoffer. Mach dir keine Sorgen."

„Drei Leute und ich soll mir keine Sorgen machen! Heute will niemand fliegen. Nicht am 11. September, *one year after…!*"

Wir bestiegen einen Bus, und mit *wir* meine ich mich, meinen Mann und den anderen Mann mit dem Aktenkoffer,…kein weiterer Fluggast hatte an diesem frühen Morgen Lust auf Bologna. Der Bus war ziemlich lange unterwegs, und in mir keimte schon die Hoffnung, dass er bis nach Italien fahren wollte, aber dann kam er doch vor einer kleinen Fokker 50 mit schnurrenden Propellern an den Flügelchen zum Stehen.

Eine unattraktive Stewardess lächelte uns von der Einstiegstreppe entgegen.

„Da schau", raunte ich meinem Mann zu, „die Fluggesellschaft scheint heute auch mit Verlusten zu rechnen. Die setzen ein, was sie am ehesten verkraften können!"

„Jetzt hör mal auf mit deinen Verschwörungstheorien!"

„Und der Mann mit dem Koffer ist der Terrorist!"

„Bitte...!!"

Mein Mann wurde böse, schaffte es aber noch rechtzeitig unserer einzigen Flugbegleiterin zuzulächeln.

„Na, da haben wir ja heute die große Auswahl!"

„Nein, die haben Sie nicht", lächelte die Frau professionell in der türkisen Uniform zurück, „gerade wenn wenig Passagiere an Bord sind, muss man darauf achten, dass das Gewicht gut verteilt ist."

Ich saß mittig links, mein Mann mittig rechts und der „Terrorist" ganz hinten.

Da unser Flug auf der ganzen Strecke ein Business-Flug war, die kleine Fokker aber keinen besonderen Komfort bieten konnte, gab es zur Kompensation neben Gratislektüre ein Tablett mit Parmesanbröckchen, Focacciastückchen und Obst. Der „Terrorist" bekam lediglich ein Tütchen mit Salzgebäck. Als ich sah, wie er mit seinen Fingern an der Packung zerrte, dann die Zähne zur Hilfe nahm und kleine Brezeln über seinen Anzug kullerten, schloss ich beruhigt meine Augen. Von ihm würde keine Gefahr ausgehen!

Ich konnte sogar schlafen. Zumindest bis der kleine Flieger landungsbedingt an Höhe verlor.

Dann baute sich Druck auf. Nicht nur in den Ohren. Der ganze Kopf schien anzuschwellen. Ich gähnte und schluckte, aber nichts half. Es gab kein erlösendes Knacksen. Ich hätte eine genaue Lagebeschreibung meiner Stirn- und Nebenhöhlen abgeben können. Der Schmerz hatte sich dort wie ein Gipsabdruck in jede noch so kleine Verästelung hineingeschoben. Tränen liefen leise über meine Wangen, während ich auf ein sonnenbeschienenes Italien blickte, das beim Anflug immer näher kam. Hätte ich einen Sitznachbarn gehabt, wäre der möglicherweise ganz gerührt, mich vor vermeintlichem Glück lautlos weinen zu sehen.

Die Fahrt mit dem Mietwagen nach Mondino dauerte gute zwei Stunden. In denen bereitete ich mich auf das Sterben vor. Dass unsere Bleibe ein ehemaliges Kloster war, mag einen positiven Einfluss auf mein lebendiges Eintreffen gehabt haben. Ich legte mich sofort ins Bett. Mein Mann öffnete das Fenster, damit sich spätsommerliche Frischluft um meine Genesung kümmern konnte. Dann machte er sich in den Mittagsstunden auf den Weg zum historischen Ortskern.

Ich wurde wach, als über mir ein Möbelstück und zwei menschliche Wesen geräuschvoll einem gemeinsamen Rhythmus folgten bis zum finalen Aufschrei. Dann herrschte Ruhe, auch von draußen drang rein gar nichts an mein Ohr.

„Ich habe mein Gehör verloren", flüsterte ich verzweifelt meinem rückkehrenden Mann zu.

„Nein…sei ganz beruhigt! Es ist nur so,…hier gibt es nichts, was man hören könnte! Nichts! Ich weiß gar nicht, was wir hier überhaupt wollen!"

Der erste Maklertermin stand für den nächsten Tag zehn Uhr im Kalender.

SOPRALUOGHI
BESICHTIGUNGEN

„Guten Morgen! Familie Heidemann…?"
Mein Mann und ich nickten.

„Trautmann,…herzlich willkommen in den Marken!"

Herr Trautmann war Mitte Dreißig, durchschnittlich groß und durchschnittlich attraktiv. Schwer zu beschreiben, wenn man danach gefragt würde. Nichts Markantes, das man abspeichern könnte. Aber meine Wahrnehmung war sowieso noch angeschlagen. Zwei Aspirin sollten mir auf die Sprünge helfen, damit wir über ein eventuell zukünftiges Zuhause entscheiden könnten.

„Wir fahren mit meinem Wagen. Nichts Eindrucksvolles, ein Koreaner, der aber auch all das bietet, was seine hochpreisigen deutschen Konkurrenten seiner Klasse tun."

Wir stiegen hinten in seinem Kia Geländewagen ein. Bevor er den Schlüssel umdrehte, drehte er sich zu uns um.

„Meine „Kollegen", wenn die überhaupt eine Lizenz haben, machen gerne vom ersten Moment an Eindruck. Der richtige Wagen, das richtige Outfit, und gerne laden sie die Kunden zum Mittagessen ein. Das mache ich nicht."

Jetzt wussten wir Bescheid. Auch ein bisschen über ihn.

Während wir neugierig aus dem Fenster in die Landschaft schauten, erfuhren wir, dass er verheiratet war, seine deutsche Frau sich ausschließlich in mittelpreisigen Modeketten einkleidete und auch sein kleiner Sohn nicht alles bekäme, was er wolle.

Sollten wir jetzt seine Bodenständigkeit beklatschen, die er sich trotz renoviertem Landhaus mit Pool erhalten hatte? Ein durch und durch menschlicher Makler? Würde sich seine Genügsamkeit auch auf seine Preise niederschlagen?

Wir fuhren über sanfte Hügel, viel braune umgepflügte Erde, ein Auf und Ab, das in der Landschaft Linien hinterließ, die sich kreuzten und gegenseitig verschluckten. Unseren Augen wurde mehr geboten als am gestrigen Anreisetag. Da waren wir natürlich auch erledigt von der langen Reise und dem unvermeidlichen Jetlag (ganz zu schweigen von meinem Gesundheitszustand!). Die Sonne schien (was ich für eine Selbstverständlichkeit hielt), und auf den umliegenden Hügeln thronten die Silhouetten mittelalterlicher Ortschaften.

„Wir müssen noch zwei Herren einsammeln", sagte Herr Trautmann. „Einen Mediatore und einen Geometra. Die beiden sind für dieses Objekt, was ich Ihnen als erstes zeigen werde, wichtig."

„Und in welchem Zusammenhang?" fragte mein Mann.

„Der Mediatore ist ein Vermittler. Er steht zwischen dem Verkäufer und dem Käufer. Der Geometra ist eine Kombination aus Architekt, Landvermesser, Gutachter und Ingenieur. Vor allem der Geometra wird Ihnen zu diesem Haus etwas sagen können."

Wir fuhren auf den Hof eines Weinguts, von dem man eine wunderbare Aussicht hatte.

Nach zweimal kurzem Hupen kam ein Mann aus dem Gebäude. Der Mediatore. Ein kleiner Italiener um die Sechzig. Wir stiegen alle aus, und ich übte mich schon mal mit einem „Buongiorno", wobei ich es mit dem rollenden „R" etwas übertrieb.

„Bella vista...!" schob ich nach und schaute anerkennend in die Ferne. (Bella Vista heißt in Italien fast jedes dritte Hotel, da muss man keinen Kursus belegt haben, um zu verstehen).

Damit hatte ich einen Redeschwall seitens des Italieners losgetreten, dem ich mangels Wortschatz nicht folgen konnte, aber mit meinem passablen Spanisch zum Stillstand brachte. Wahrscheinlich hätte das mit Deutsch auch funktioniert, doch ich fand in diesem Fall eine Fremdsprache passender, zumal es hier und da Gemeinsamkeiten gibt und die Chance auf eine gewisse Trefferquote, verstanden zu werden.

In meine Bemühungen hinein platzte ein Motorrad. Der Geometra. Ohne abzusteigen zog er sich mit beiden Händen den Integralhelm vom Kopf und schüttelte seine dunklen Locken. Die Bräune eines langen Sommers lag auf seiner Haut, das Blaugrün seiner Augen schien zu flimmern. Er öffnete lächelnd seinen wohlgeformten Mund. Ich dachte an Zahnpastawerbung.

„Boungiorno a tutti!"

Wie eine warme Brise rollte seine Stimme tief aus einem hochgewachsenen und schlanken Körper auf uns zu.

Meine Sinne wurden mit einem Mal geschärft, möglicherweise griffen gerade die beiden Aspirin, die ich für architektonische Zwecke eingenommen hatte.

Wir schüttelten Hände, und mir entwich ein *buonos dìas.*

„Hola que tal?"

Dieser Vorzeigeitaliener sprach auch noch Spanisch und wollte wissen, wie es mir geht! Ich gab ihm natürlich nicht meine medizinischen Daten durch, sondern antwortete mit einem *muy bien,* eine Floskel, die der Floskel folgt. Er habe vor zwei Jahren angefangen Spanisch zu lernen, wegen einer Mexikoreise.

Trautmann gab ein Zeichen zum Aufbruch. Uns folgte der Kleinwagen des Mediatore, und dahinter fuhr Matteo (er hatte mir seinen Namen verraten) auf seinem Motorrad. Als wir die asphaltierte Strasse verließen und auf eine sogenannte weiße Straße kamen, verschwanden unsere „Verfolger" im Staub. Diese *strade bianche* ziehen sich wie ein Netz über die Hügel und machen Abgelegenes erreichbar.

Wir schienen „abgelegen" erreicht zu haben. Trautmann hielt vor einem heruntergekommenen Gebäude, zusammengesetzt aus drei Blöcken. Wir stiegen aus, bevor sich der aufgewirbelte Staub legen konnte.

Etliche Fenster waren mit grünen Metallläden verschlossen. An der Fassade bröckelte der Putz, Risse klafften im Mauerwerk und die Ziegel lagen schlampig auf dem Dach. Drei Eingänge standen zur Verfügung, es gab aber nur einen Schlüssel. Dass wir erst beim dritten Versuch ins Innere vordringen konnten, sprach nicht dafür, dass unser Makler sich mit dem Objekt schon auseinandergesetzt hatte.

„Köpfe einziehen!"

Das sagte er, nachdem er seinen an einem Balken gestoßen hatte. Wir neigten uns quasi vor dem ersten Problem. Die Raumhöhe im Untergeschoss ließ keinen aufrechten Gang zu.

„ Las habitaciones necesitan ser excavado solamente !" Augen und Zähne leuchteten im schwachen Licht. Man müsste nur die Räume ausgraben, also in die Tiefe gehen, um Höhe zu bekommen. Auf Spanisch.

Er sagte das so nebenbei als hieße das, ein bisschen im Sand zu buddeln. In unseren Augen war das eine große Fläche, die man absenken müsste. So dramatisch hatten wir uns das Renovieren nicht vorgestellt.

„Könnte man hier etwas mehr Licht rein lassen?" fragte ich Herrn Trautmann.

„Ich würde gerne mehr fürs Auge haben, bisweilen gibt es eher was für die Nase!"

Wir standen im ehemaligen Stall, und der schien nach dem Abzug der Tiere nie mehr gelüftet worden zu sein, was mir trotz massivem Schnupfens nicht verborgen blieb.

Der Mediatore bekam den Auftrag, oben schon mal alle Fensterläden aufzumachen, während uns Matteo die Möglichkeiten aufzählte, wie man das Erdgeschossproblem lösen könnte. Auf Italienisch. Das wurde uns von Trautmann fachmännisch übersetzt, denn zu seinem anspruchslosen Leben gehörte auch noch ein Architekturstudium.

„Das würde bedeuten, dass alle alten Stützbalken raus müssten, weil sie die neue Höhe nicht mehr bedienen können."

Mein Mann verfügt über kein Architekturstudium, aber er ist überdurchschnittlich praktisch veranlagt.

„Dann nimmt man neue alte Balken. Die bekommt man hier überall."
Behauptete Herr Trautmann, der aber eines ganz dringend noch vorwegnehmen wollte - den Preis. Der sei unvergleichlich günstig, für diese Größe und die ausgesprochen schöne Lage.

„Dafür wird es Gründe geben", sagte mein Mann, „*günstig* gibt es nie umsonst."

Es sei denn, unser Makler hatte gerade einen guten Tag und wollte aus eigener Tasche was drauflegen.

Um unsere mögliche Kaufbereitschaft nicht im Mief und in gebückter Haltung zu ersticken, schlug er vor, das Obergeschoss zu inspizieren.

Signore Bronzini (der Mediatore) stand lächelnd am Treppenabsatz und nahm meine Hand, als würde ich gerade aus einem schwankenden Boot aussteigen. Er ließ sie auch nicht los und zog mich durch mehrere Räume zu einem offenen Fenster hin.

„Mia casa", er zeigte mit dem Finger in die Ferne und haute sich anschließend auf die Brust.

„Sua casa,...comprare", jetzt zeigt er auf den Boden und dann auf mich. Er lachte. Ich dachte an einen Zahnarzt.

„Siamo vicini!"

Was *vicini* seien, rief ich Herrn Trautmann zu, den ich in einem der vielen Räume reden hörte.

„Das heißt Nachbarn. Er möchte, dass sie Nachbarn werden", rief er laut aber völlig emotionslos zurück.

„Ah, ein gut gefülltes Weinlager in der Nachbarschaft wäre doch schon mal nicht schlecht. Vino, vino, vino,..." Ich tat so, als setzte ich eine Flasche an den Mund und machte gluck-gluck.

Herr Bronzini warf den Kopf in den Nacken und lachte laut , wobei meine Assoziation „Zahnarzt" sich bestätigte. Dann legte sich eine Hand auf meine Schulter. Es war Matteos Hand.

„Que bella vista!"

Ich wurde nicht rot. Das hat man glaube ich mit Ende Vierzig hinter sich. Aber ich war leicht irritiert. Die schöne Aussicht hätte sich neben der Landschaft auch auf mich beziehen können. Daran wollte ich jetzt ein bisschen glauben. Auch wenn ich gesundheitlich angeschlagen war, der Lack war noch nicht ab. Seine geschätzten zehn Jahre weniger ignorierte ich, nein, sie schmeichelten mir.

„Buena vista!"

„Sì, buena vista!"

Diese Stimme brachte mich fast in Verlegenheit, und damit das nicht auffiel, schaute ich wirklich mal aufmerksam nach draußen..."bellissimo!"

Ich ging von Raum zu Raum und schaute aus allen Fenstern. Signore Bronzini ging mit. Matteo blieb bei meinem Mann und unserem Makler in einem Zimmer, wo die durchhängende Decke mit Metallstreben abgestützt wurde.

In einer Art Wintergarten lagen einige tote Tauben auf dem Boden.

„Guruu..." machte Herr Bronzini, und ich sagte *finito*. Auch dafür brauchte ich noch keinen Kursus. Aber mir wurde klar, dass es einiges zu tun gab, um auf Konversationsniveau zu kommen. Herr Bronzini war bemüht, mir die erste Lektion zu erteilen.

Obwohl ich alles bewusst abschritt, bekam ich kein Gefühl für das Gesamtkonzept. Es war ein kleiner Irrgarten, und ich war immer wieder überrascht, wenn ich im Zimmer mit den Stützen und den Männern landete.

Trotzdem fing ich an, Räume ihren Zwecken zuzuordnen und platzierte gedanklich das eine oder andere Möbelstück. Umzugsroutine.

Die Männer diskutierten mehrsprachig Technik. Ich ging nach draußen und schaute mir das Grundstück an. 360 Grad Rundumblick. Durchaus ein Stück Toskana in den Marken. Mitten im zukünftigen Garten gab es ein kleines Nebengebäude, dem man schnellstens unter die Arme greifen müsste, wenn man es als Nebengebäude erhalten wollte. An einer Hauswand wuchs aus dem Spalt dreier Zementstufen ein Feigenbaum. Dicke grüne Früchte hingen zwischen den großen Blättern. Ich aß eine, und sie schmeckte wunderbar. Ich pflückte eine zweite Feige und rannte ins Haus zurück.

„Wir haben Feigen!" rief ich meinem Mann zu und hielt ihm die Frucht entgegen.

„Wir...?"

„Ja, unten an der Hauswand steht ein Feigenbaum!"

„Aber das ist nicht unser Haus. Und es wird auch nicht unser Haus werden."

„Warum nicht…?" Wie ein Lot senkte sich die Feigenhand nach unten.

„Zu viele technische Probleme. Fang erst gar nicht an, dich zu verlieben!"

Der Besichtigungstross machte sich auf den Weg nach draußen, und Bronzini schloss hinter uns alle Fensterläden.

„Mensch,…schau doch mal wie schön die Lage ist!"

Der Moment war nicht günstig. Zwei Autos brausten am Haus vorbei, und eine satte Staubwolke puderte uns ein.

IL PRANZO
DAS MITTAGESSEN

Zum nächsten Objekt zu fahren würde sich nicht lohnen, es sei Zeit zum Mittagessen, sagte Herr Trautmann. Mir war auch nach einer Pause, zumal ich mich sehr abgeschlagen fühlte, und das hatte nicht nur mit dem Verlust der Erstbesichtigung zu tun.

„Wir würden gerne alle einladen", sagte mein Mann, das Wo überließ er den Gästen, denn wir kannten uns überhaupt nicht aus. Wir wussten nicht einmal, wo sich dieses Haus mit den toten Tauben befand. Ich notierte mir „Mondino", der Ort auf dem fernen Hügel.

„Io vado a casa, mi aspettano."

Matteo verschwand im Integralhelm, klappte kurz das Visier hoch und ließ uns über Trautmann wissen, dass sich alle gegen 14.00 Uhr am Weingut treffen sollten.

„Er isst bei seinen Eltern. Jeden Tag. Das kommt häufig vor in Italien, wenn die jungen Männer noch zu Hause wohnen."

Trautmann beriet mit Bronzini, wo wir essen gehen sollten. Mit Eingeladenwerden hatte er offensichtlich kein Problem.

„Junger Mann? Und er isst jeden Tag bei seinen Eltern?!" ich konnte es nicht fassen. Ein Mann Ende Dreißig, mit Beruf, wenn auch ohne Frau, geht täglich zum Mittagessen nach Hause!

Ich nahm eine weitere Aspirin, weil ich genussfähig werden wollte für mediterrane Atmosphäre mit

Sichtmauerwerk, Jahrhunderte alten Deckenbalken und rotweiß karierten Tischdecken.

Wir aber hielten an einer Art Raststätte, die an einer reizlosen Talstraße lag und hatten Schwierigkeiten, zwischen den LKWs und all den anderen Autos einen Parkplatz zu finden.

„ Man muss nur schauen, was sich auf dem Parkplatz tut, dann weiß man, was auf den Teller kommt!"

Eine kleine runde Frau mit verkleckertem weißen Kittel (eine Schüssel dampfender Pasta vor den gewaltigen Busen gedrückt) bahnte uns den Weg zu drei freien Plätzen.

Kurz darauf knallten Wein und Wasser in Krügen auf den Tisch. Man legte Wert auf Effizienz. Auf Ambiente weniger. Zweckmäßigkeit kombiniert mit Zufallsdeko. Was in die Hände fiel, wurde offensichtlich konzeptlos an die Wand genagelt. Ich ärgerte mich, dass ich mein Fieber gesenkt hatte, mit erhöhter Temperatur wäre ich nur bedingt aufmerksam gewesen. Die Tische standen dicht und waren mit Papier eingedeckt. Die Stühle hatten Stahlrohrbeine, die über den strapazierten Terrazzoboden kratzten und zum extremen Geräuschpegel beitrugen. An den Fenstern hingen vergilbte Halbgardinen, die den Blick auf den Parkplatz freigaben. Eine Speisekarte gab es nicht, dafür hielt die dicke kleine Frau an unserem Tisch eine Rede.

Über den Inhalt wurden wir von unserem Makler aufgeklärt, und wir einigten uns, dass wir alle Penne all'arrabbiata nehmen und danach eine Grigliata mista.

Signore Bronzini saß mir gegenüber und lachte. Er lachte immer, wenn er mich anschaute. Er fand mich wohl witzig. Herr Trautmann nahm das Geschäftsessen viel ernster und versuchte, uns die „Nummer Eins" (wir hatten das Haus so getauft) als ungewöhnliches Angebot ans Herz zu legen. Aber dann kam die große Schüssel mit den Nudeln. Jetzt wurde übers Essen geredet, und dass *arrabbiata* zornig oder verärgert hieße. Ich schob mir die erste Gabel in den Mund, zog die Augenbrauen zusammen und haute mit der Faust auf den Tisch.

„Sono arrabbiata!" Eine Sprachübung mit pantomimischer Einlage und Beitrag zur Stimmung am Tisch.

Signore Bronzini lachte mit offenem Mund. Zerkaute Pasta verwehrte einen erneuten Gedanken an den Zahnarzt.

Trotz Erkältung konnte ich behaupten, dass es schmeckte. Ja, es war köstlich, und ich nahm eine zweite Portion. Allerdings konnte ich mir das Ambiente nicht schön essen.

„Lei è ancora arrabbiata?" Bronzini hörte gar nicht mehr auf zu lachen und bestand weiterhin darauf, dass wir Nachbarn würden.

Vom aufgetischten Fleischberg habe ich dann nichts mehr genommen. Ich fühlte mich im wahrsten Sinne des Wortes genudelt.

Die LKW-Fahrer um uns herum waren schon beim Espresso und rauchten dazu etliche Zigaretten. Mein Husten meldete sich zurück, und ich sehnte mich nach Frischluft.

NEL POMERIGGIO IN GIRO
AM NACHMITTAG UNTERWEGS

Auf dem Weg zum Weingut schlief ich ein. Ich träumte von der Nummer Eins. Wir schaufelten aus dem Untergeschoss Berge von Nudeln. Wir brachten sie mit Schubkarren nach draußen, während es drinnen blubberte und dicke Penne mit roter Tomatensoße Lavaströmen gleich sich träge durch die Räume schoben. Ich heulte und mein Mann sagte, dass ich das Haus ja unbedingt hätte haben wollen.

Als eine Autotür knallte, wurde ich wach. Ich musste vom Mittagessen aufstoßen und war erleichtert. Matteo war schon eingetroffen und wollte uns auf der Nachmittagstour begleiten. Aber vorher sollten wir uns Bronzinis *Cantina* ansehen, denn die sei sein Werk.

Aha, ein Werbefeldzug in eigener Sache! Aber warum sollten wir ihn nicht als Geometra ins Auge fassen, wo wir doch mit ihm aus der Ferne auf Spanisch kommunizieren könnten?

Herr Bronzini nahm mich wieder bei der Hand, und der Rest folgte uns, vorbei an deckenhohen Stahlbehältern, an einer Abfüllanlage, an Tausenden leeren Flaschen, an Kartons und Korkenbergen. Drei Flaschen packte er in einen Geschenkkarton und überreichte sie mir feierlich.

„Sul buon vicinato!" Und wieder lachte er und drückte mich an seine Brust. Eine zukünftige Nachbarschaft schien ihm wirklich sehr am Herzen zu liegen.

„Sie müssen richtig Eindruck hinterlassen haben", sagte Herr Trautmann, "so schnell verschenkt er sonst keinen Wein!"

„Arrivederci", ich winkte Herrn Bronzini zu.

„Arrivederci carissima vicina…"

Wir lobten Matteo für seine bauliche Leistung, der uns dann mit dem Motorrad zur nächsten Besichtigung folgte, und das war quasi um die Ecke. Ein runtergekommener Bauernhof mit Blick auf meine Nummer Eins! Zwei ältere Männer kamen uns entgegen, und wir drückten ihre schwieligen Hände. Hände, die vom zarten Alter an wohl schon immer kräftig anpacken mussten. Es handelte sich um unverheiratete Brüder, die uns ihr Zuhause zeigten, wobei ich mit „Zuhause" immer etwas Bewohnbares assoziiere. Eine von Spinnen eingewebte Neonröhre spendete kaltes Licht in einem mit Fensterläden verdunkeltem Wohnzimmer. Die Nachmittagssonne drängte sich durch die Lamellen und hinterließ ein Streifenmuster auf dem ausgetretenen Mattoni- Fußboden und einem Stück Teppich. Auf dem anderen Stück stand ein Sofa mit einigen schmuddeligen Kissen, die zerdrückt auf der abgewetzten Sitzfläche lagen. Auf einem Tisch standen leere Bierflaschen und zwei aufgehebelte Konservendosen. Gegenüber hing eine abwesend blickende Mutter Gottes hinter zersprungenem Glas schief an der Wand. Die Balkendecke hätte man vor Jahren mit Rigipsplatten verschalt, weil man es schöner haben wollte. Dort, wo der alte Buffetschrank stand, hatte man die Deckenverkleidung wegen der

Höhe aussparen müssen. Ein Loch in der Decke, in dem das hölzerne Gesims verschwand. *Cartongesso* heißt die Wunderwaffe in Italien, hinter der man so einiges verschwinden lassen kann. Ich fügte diesen Terminus meinem Wortschatz hinzu und machte mich mit der Erweiterung auf den Weg nach draußen, weil es mir drinnen zu eng wurde.

„Du kannst jetzt nicht einfach rausgehen", zischte mir mein Mann hinterher.

„Wir können hier abbrechen, dieses Objekt lehne ich zu hundert Prozent ab. Ich schaue doch nicht den Rest meines Lebens von dieser Bruchbude aus auf mein Traumhaus!"

„Problemi...?" Matteo lächelte und ging mit mir ins Freie. Ich war nahe daran zu fragen, was Mama zu Mittag gekocht hatte. Aber möglicherweise hätte er das gar nicht als Zynismus gedeutet und mir noch ausführlich die Zubereitungsart verraten.

„No me gusta esta casa! Me gusta que allì..." ich zeigte über die Felder zur Nummer Eins. Dies würde mir gefallen.

„Tienes razòn!"

Matteo gab mir Recht (auf Spanisch), aus der Numero Uno könnte man richtig was machen. Er hätte schon gute Ideen. Dieser Geometra hatte also schon Ideen für uns, ohne uns wirklich zu kennen und ohne, dass wir ihn unter Vertrag genommen hätten. War der schnell...

Auf dem Grundstück befanden sich zwei runde Türmchen, die aussahen wie überdimensionierte Toilettenpapierrollen aus Zement mit Kegeldach. Ich stellte mich an die Schattenseite, weil mir die Sonne auf die Nerven ging. Ich fühlte mich wieder richtig krank. Matteo wollte mich offensichtlich mit Ratespielen etwas aufrichten. Ich sollte Vorschläge machen, wozu diese kleinen Rundgebäude einst gedient haben könnten. Mein Zustand ließ nicht viel Raum für Phantasie, ich nahm das mir gerade Naheliegende und tippte auf Grabkammern für Bestattungen in aufrechter Haltung.

Während er mir erklärte, dass es sich um Getreidesilos handele, erschien das Rundgangquartett zur Außenansicht.

Die Blicke meines Mannes straften mich ab. Ich setzte einen Hustenanfall dagegen und rutschte stöhnend in die Hocke. Ich litt um Verständnis, blieb aber weiterhin unbeteiligt. Hätte ich jetzt demonstrativ rein gehen müssen, weil ich ja auch rausgegangen war, um mich den Besprechungen drinnen zu entziehen?

„Nein, dann kommt das gar nicht in Frage. Auf nicht katastrierte Anbauten wollen wir uns gar nicht einlassen!"

Das war die Stimme meines Mannes. Ich blieb draußen.

ALTRE CASE
WEITERE HÄUSER

In der Nacht hatte es geregnet.
Herr Trautmann holte uns pünktlich ab. Er trug Gummistiefel. Heute stünden einige Objekte auf dem Plan, von ihm handverlesen, und sollten wir, und davon ging er aus, mit sogenannten Kollegen in den nächsten Tagen weitere Runden drehen, und sich ein von ihm schon gezeigtes Objekt unter den Häusern befinden, zu dem wir uns entscheiden würden, dann ginge der Auftrag an ihn.

Aye, aye Sir!

Am gestrigen Nachmittag hatten wir uns eine Landkarte besorgt, um nachvollziehen zu können, wo all die Reisen hingingen. Außerdem hatten wir eine Prioritätenliste erstellt, sodass wir den Ruinen Punkte vergeben konnten, was die Ermittlung des Gewinners erleichtern sollte.

Einen Verlierer gab es schon. Das war die Nummer Eins mit der Weißen-Strassen-Lage. Eine definitive Entscheidung, die mir mein Mann als Betthupferl mitgab und sich auch nicht umstimmen ließ, als ich drohte, eine Überdosis Wick Medi Night zu mir zu nehmen.

Auf der Liste ging es um die Entfernung zum Meer und zur nächsten Stadt, um den Ausblick, die Nachbarschaft (kein „Schrabbelbauer", also kein landwirtschaftlich genutztes Chaos), darum, wie es um den baulichen Zustand bestellt war, welche Umbaumöglichkeiten zu realisieren waren, um die Größe, den Preis, den Baumbestand, die Wegerechte, das Mikroklima…usw.

Der Landschaft fehlte das Licht an diesem Morgen. Mir auch. Da bin ich emotional extrem abhängig, und in Kombination mit angeschlagener Gesundheit sind das schlechte Vorraussetzungen, sich Ruinen bewohnbar zu denken.

Wir erreichten die „Scholle". (Für die sofortige Namensgebung war ich zuständig. Lichtmangel beeinflusst diesbezüglich nicht meine Fantasie, selbst Dunkelhaft könnte ihr nichts anhaben). Ein einsames Bauernhaus mit einem Gebäudeteil, der mit zwei zusätzlichen Stockwerken wie ein Turm den Rest überragte. Im Turm waren das Dach und die Decken eingebrochen, für eine Schar Tauben der schnellste Weg um nach draußen zu kommen, nachdem wir uns mit vorsichtigen Schritten nach drinnen gewagt hatten.

Der „intakte"Teil schien ein Geheimtipp, um Müll los zu werden. Drumherum braunes, umgepflügtes Ackerland. Ein von dicken Schollen gestreiftes Auf und Ab den Hügelformationen folgend soweit das Auge reicht. Kein Grün. Nicht eine verirrte Feige am zusammenbrechenden Objekt!

Mein Mann macht Kreuze aufs Papier und ich eins in meinem Innern, weil wir zurück zum Auto gingen. Das war der Moment, in dem ich einen Sinn in Trautmanns Gummistiefel erkennen konnte, an denen zehn Zentimeter dick der Lehmboden klebte. Er zog sie aus und stellte sie in eine Plastikwanne im Kofferraum. Wir trugen Turnschuhe und ziemlich viel Dreck in Trautmanns Koreaner.

Am nächsten Haus wurden wir von zwei kurz angeketteten Hunden empfangen, die uns bellend entgegen sprangen und sich dabei den Hals derartig zuzogen, dass ich mich fragte, wie es den Stimmbändern noch gelang, Töne zu produzieren. Die Hunde waren allein. Das Haus nicht mehr bewohnt. Die Armen bewachten viel Zurückgelassenes, was keiner mehr haben wollte. Wir wollten das ganze Haus nicht haben. Da gab es unter anderem ein Kreuz wegen der Anfahrt über eine weiße Strasse.

„Ja wenn Sie nach einer Alleinlage schauen,...die liegen in der Regel nun mal an den Staubstrassen. Aber man kann seinen Streckenabschnitt asphaltieren lassen. Man muss das nur bei der Gemeinde beantragen."

Trautmann telefonierte mit dem Mediatore für das nächste Objekt. Er brauchte den Schlüssel.

Das „Hundehaus" kassierte wenige Punkte, wir machten aber trotzdem ein Zeichen auf der Karte, auch, damit wir ein Gefühl für diesen Landstrich bekamen.

„Jetzt zeige ich Ihnen ein besonderes Haus. Es gibt nur ein ganz kurzes Stück Feldweg, eine Sackgasse, die beim Objekt endet. Das Haus liegt auf einem Hügelplateau mit Blick auf zwei mittelalterliche Dörfer. Sie werden begeistert sein!"

Ganz langsam kam die Sonne wieder raus, und bei mir hob sich die Laune und auch Hoffnung schien zum Keimen gebracht zu werden. Noch war der Mediatore nicht da, also fingen wir mit der Außenbegehung an. Zwei riesige alte Maulbeerbäume mit ausladenden Kronen erregten sofort meine Aufmerksamkeit, und meine Fantasie zauberte unverzüglich einen langen, leinenweiß eingedeckten Tisch in den Schatten des undurchdringlichen Blätterdachs. Ich atmete mit geschlossenen Augen durch meine von Otriven befreite Nase tief ein. Nicht weit vom Haus lag dieses Idyll, die köstlichen Speisen hätten keinen langen Weg zur illustren Runde. Ich hörte schon die Gläser im ausgelassenen Stimmengewirr klingen. Das Haus hatte auch eine Außentreppe, ein begehrter architektonischer Zusatz, den man sich nicht einfach im Zuge der Renovierung ans Haus basteln durfte, wenn er nicht von vornherein schon da gewesen war.

Mein Mann und der Makler waren verschwunden. Sie inspizierten die Rückseite, zu der auch ich mir einen Weg durchs kniehohe Unkraut bahnte.

„Auf derartige Zusagen möchte ich mich gar nicht verlassen!"

Wie von einem kräftigen Windstoß wurde mir Geschirr und Leinen vom Tisch gerissen…am Hang des gegenüberliegenden Hügels mit der netten Dorfsilhouette befand sich eine Mülldeponie.

„Man ist wirklich dabei sie zu schließen! Fragen Sie ruhig bei der Gemeinde nach."

Mittlerweile waren Mediatore und Schlüssel eingetroffen. Ich bestand darauf, mir auch das Innere anzuschauen, um den Verlustschmerz zu intensivieren, damit ich wusste, warum ich gleich bitterlich heulen würde.

Angeschaut hatten wir uns dann noch das „Wespenhaus", das „Olivenhaus", das „Zuviel-Nachbarschaft-Haus", das „Schattenhaus" und das „Baumschulenhaus". Beim Baumschulenhaus wurde mein

Mann etwas schwach und fing an Gedanken zu formulieren.

„Verliebe dich nicht in dieses Objekt, auch wenn es an einer asphaltierten Strasse liegt. Mir liegt es zu weit im Landesinnern!"

Ich wollte auch mal Träume platzen lassen, zumal ich mich wieder krank fühlte (warum sollte es anderen dann besser gehen!), denn der Tag neigte sich, und die Wirkung der Medikamente schlich sich mit sinkender Sonne davon.

Es war der letzte Tag mit Herrn Trautmann. Wir machten uns auf den Nachhauseweg.

„Ich hätte da noch etwas ganz in der Nähe…"

Kampflos aufgeben war offensichtlich nicht seine Sache. Wahrscheinlich ist ihm der Gedanke schwergefallen, uns an die in den nächsten Tagen drohende Konkurrenz zu verlieren.

Der Weg zur „Letzten Hütte" verfügte durchgehend über Straßenbelag, und die orange eingefärbte Sicht auf die in der Ferne liegende Bergwelt war ein Traum. Ganz schnell huschten wir mit dem Restlicht des Tages durch leere Ställe und verwahrlosten Wohnraum.

„Nicht uninteressant…Das müssten wir uns noch mal bei mehr Licht und mit mehr Zeit anschauen."

„Selbstverständlich! Meine Nummer haben Sie. Ich werde mich noch heute mit dem Besitzer in Verbindung setzen."

Es folgte ein Händeschütteln und ich vernahm das deutliche Aufatmen Herrn Trautmanns.

„ Die Bausubstanz ist hervorragend! Das sage ich Ihnen als Architekt."

An diesem Abend öffneten wir eine Flasche Wein von Herrn Bronzini. Eine *Lacrima* aus Morro D'Alba. *Làgrima* heißt auch auf Spanisch *Träne*, und da ich an diesem Tag schon einige vergossen hatte, hatte ich nichts dagegen, noch ein paar hinterher zu schütten.

I LUPI – DIE WÖLFE

Beim nächsten Makler handelte es sich um ein Ehepaar, wobei wir uns von ihr schon ein Bild machen konnten, denn damit wurde der Kunde auf der Website begrüßt.

Wir hatten uns wieder für zehn Uhr verabredet, das kam dem Jetlag entgegen und man konnte das Frühstück ruhig angehen lassen, was trotz italienischem und klerikalem Hintergrund überraschend umfangreich war.

Das Ehepaar hieß Wolf, und sie waren nicht pünktlich. Wir warteten schon über dreißig Minuten vor dem Kloster auf einer Bank in der Morgensonne, als ein robuster Geländewagen (kein Koreaner) auf den Parkplatz fuhr. Beide nahmen synchron ihre Sonnenbrillen ab und streckten uns betreten die Hände entgegen. Frau Wolf entsprach so gar nicht dem Fotomaterial aus dem Internet, aber auch Herr Wolf machte nicht den Eindruck, dass er sich vorgenommen hatte, ausgeschlafen auf den Kunden zu treffen.

„Familie Heidemann? Wolf…entschuldigen Sie bitte die Verspätung! Das ist normalerweise nicht unsere Art, aber eines unserer Pferde hatte letzte Nacht lebensbedrohliche Koliken und wir mussten in die Nähe von Rom zu einem Tierarzt fahren."

Frau Wolf trocknete sich die tränenfeuchten Augen. Vielleicht fehlt mir in solchen Situationen etwas Feingefühl. Ich habe nur Kinder, keine Pferde.

„Aber jetzt erst einmal ein herzliches Willkommen in den Marken!"

Frau Wolf drehte sich um und suchte den Blickkontakt mit uns, die wir schon auf der Rückbank saßen und von Herrn Wolf zum ersten Objekt chauffiert wurden.

„Die Marken sind ein herrliches Stück Land in Italien. Vor zehn Jahren haben wir sie für uns entdeckt und sind persönlich bemüht, das Ursprüngliche zu erhalten. Wir wollen keine zweite Toskana und wir suchen uns schon aus, wem wir ein Haus vermitteln, wer in diese (unsere!) Region passt."

Wann konnten sie sich denn ein Bild von uns gemacht haben? Waren wir schon drin im Klub, oder würden wir auf halber Strecke rausfliegen?

„Wir haben nur wenige, aber auf Sie zugeschnittene Objekte ausgesucht. Ihren Bedürfnissen entsprechend."

Wir rumpelten einen relativ steilen Feldweg nach oben, während mein Mann und ich Blicke austauschten. Egal was hinter dieser Anfahrt liegen würde, hier lag das Ehepaar Wolf ganz schief mit seinen vermeintlichen Kenntnissen, was unsere Bedürfnisse betraf.

„Bevor wir jetzt mit den Besichtigungen beginnen, sollte noch geklärt werden, dass alle Objekte, die von uns angeboten werden, unsere Objekte bleiben. Und sollten Sie Objekte über einen anderen Makler schon kennengelernt haben, dann müssen Sie uns das sofort sagen."
Wir verstanden die Drohung.

Auf halber Höhe zum Haus gab es einen Bauern, der Gänse züchtete. Die watschelten durch die Landschaft, was ich durchaus sympathisch fand. Offensichtlich waren der Bauer und die Wolfs sich nicht fremd. Der Geländewagen hielt kurz an für ein paar Worte der Begrüßung, aber dann heulte der Motor auf, um die abenteuerliche Reststrecke zu nehmen.

„Hier können Sie Ihre Weihnachtsgans kaufen. Top Qualität!"

Herr Wolf fummelte an der Schaltung, suchte nach Leistungssteigerung, damit sich die Profile der dicken Reifen noch besser in die aufgewühlte Erde fräsen konnten.

Wir ließen uns auf eine Führung ein. Gleich beim ersten Objekt mit Ablehnung zu reagieren, hätte dem Tagesverlauf sicher nicht gut getan.

Eine Künstlerin hatte sich vor einigen Jahren dieses Haus gekauft.

„Die wusste warum. Die hatte hier oben sofort diese außergewöhnliche Atmosphäre gespürt. Das ist schon etwas Besonderes!"
Frau Wolf atmete überwältigt ein und aus, während sie kurz ihr Handy kontrollierte.

„Da braucht man aber auch das richtige Auto, um in dieser Atmosphäre anzukommen!" bemerkte mein Mann.

„Der gestrige Regen hat den Zustand des Weges so verschlechtert."

Herr Wolf schloss die Eingangstür auf, die mit dem Rundbogen durchaus Eindruck machte.
„Es wird ja hoffentlich noch öfter regnen!"
Mein Mann lachte. Herr Wolf schwieg.

Im diffusen Licht konnte man gleich erkennen, dass sich in den vergangenen Jahren um Wohnqualität nicht gekümmert wurde. Die Künstlerin hatte hier offensichtlich ihr Bohème ausgelebt und einschränkende bürgerliche Werte und Normen erfolgreich überwunden. Wahrscheinlich hatte man ihr irgendwann den Strom abgedreht und fließend Wasser verwehrt, weil sie das bisschen Geld, was zur Verfügung stand, lieber für Farben und Leinwand ausgab. Diverse Werke lehnten an bröckelnden Wänden, und ich wünschte mir, dass auch das Geld für die Farben ausgegangen wäre.

Ich fotografierte, wie auch schon die beiden letzten Tage. Das hinterlässt als Nebeneffekt den Anschein, interessiert zu sein. Ich muss dazu sagen, dass ich noch nicht digital fotografierte, ich hatte zwei 36-er Filme im Gepäck, gehörte also zu den Nachzüglern, die am Alten klammerten, die es genossen, sich in Geduld zu üben, bis man mit den Abholscheinen in den Besitz der Wundertüten kam. In unserer Situation hätten wir allerdings viel darum gegeben, einfach mal kurz durchklicken zu können.

Vom „Künstlerhaus" ging es direkt in den Schwarzwald. Ich glaube, diese Stelle würde ich auch nach all den in den Marken gelebten Jahren nicht wiederfinden. Das Haus stand an einem Hang mit Blick in dichten Nadelwald, der über Berg und Tal bis an den Horizont reichte.

„Wir dachten an mediterranes Flair, dieses Schwarzwald-Ambiente hat nun gar nichts damit zu tun!"

Hier fotografierte ich nicht einmal, und die Wölfe schienen etwas beleidigt.

Das hielt sie aber nicht davon ab, uns zum Mittagessen einzuladen. Das Ristorante war bestellt, und die Uhrzeit mahnte zum Aufbruch.

Umgeben von schweren Damastvorhängen und Wolken aus Raffgardinen, saßen wir an einem weiß ummantelten runden Tisch mit gestärkter Serviettenkunst, die es mit so mancher Origami-Figur aufnehmen konnte.

Das war also dieses Eindruckmachen, von dem Herr Trautmann sprach. Vom *Guide Michelin* empfohlen, die Preise auf der Speisekarte orientierten sich daran. Die Wölfe wurden vom Betreiber geküsst, und dann entschieden wir uns alle für das Lamm.

„Ci penso io" bezog sich auf die Antipasti, darum wollte sich also der Wirt kümmern, was ihm zweifelsohne sehr gut gelang.

Zwei unterschiedliche Weine wurden ausgeschenkt, wovon ich jedes nachgefüllte Glas leerte, was mich auf angenehme Weise entspannte und meine Erkältung zur Nebensache verkommen ließ.

Die Nachmittagsbesichtigung rauschte an mir vorbei, aber mein Mann konnte mir versichern, dass nichts Zukunftsträchtiges dabei gewesen wäre.

UNA CHIAMATA – EIN ANRUF

Wir hatten schon die Zähne geputzt und standen in Schlafanzügen am offenen Fenster, um in den Sternenhimmel zu gucken, da klingelte unser Handy.

Es war Trautmann, der mit dem Besitzer von der „Letzten Hütte" gesprochen hatte, und er fragte uns, wann wir Zeit hätten, Signore Paolini wäre zu einem Gespräch bereit. Wir vereinbarten übermorgen, und ich versuchte mit den Resterinnerungen an dieses Haus einzuschlafen.

Und während ich all die Schlafzyklen durchlief, die Wissenschaftler aufgezeichnet haben, wurde in den Traumphasen aus den Resten etwas Ganzes, was sich noch beim Frühstück als mein neues Zuhause anfühlte.

„Ich habe gar keine Lust mehr, mit den Wölfen durch die Gegend zu fahren. Wir sollten uns auf die „Letzte Hütte" konzentrieren!"

„Das geht nicht. Wir haben zugesagt und wissen doch gar nicht, auf was wir heute noch stoßen werden…Schau dir das an…Spanier haben einen sechs Meter langen Tintenfisch aus dem Meer gezogen!"

Wir starrten beide auf den Fernseher, der im Frühstücksraum an der Wand hing und wahrscheinlich nur dann zu laufen aufhören würde, wenn er kaputt ist. Gebannt verfolgten wir die Reportage, freuten uns über jedes verstandene Wort, aber wenn sich der spanischen Originalton aus dem Hintergrund Ohr verschaffte, erlebte ich so etwas wie Heimatgefühle.

„Hätten wir doch nach Spanien gehen sollen?"

„Gerade wolltest du in die letzte Hütte einziehen, und jetzt bist du schon wieder in Spanien! Los, Rucksack packen, es ist zwanzig vor zehn!"

Wie immer setzten wir uns draußen auf die Bank. Ich lehnte mich an das entweihte Gemäuer, streckte das Gesicht mit geschlossenen Augen der Sonne entgegen und kuschelte mich regelrecht ein in diesen Moment. Ein erkältungsfreier Moment. Wunderbar! Die Luft atmete sich wie eine Delikatesse, kein Vergleich zu diesem feuchtschwülen Gewabere in Taipei. Ich freute mich richtig, nach Europa zurückzukehren.

Das Ehepaar Wolf wollte uns dabei helfen. Sie waren überpünktlich und schauten bei weitem frischer aus als gestern.

Drei Objekte standen auf der Tagesordnung, und irgendwann kam mir die durchfahrene Gegend immer bekannter vor.

„Women zhidào" sagte ich zu meinem Mann, *das kennen wir,* aber der zog nur die Augenbrauen zusammen, schob die Lippen nach vorne und zuckte kaum merklich mit den Schultern.

„Women zhidào…!" ich gab meinem Chinesisch Nachdruck.

„Duì, duì…!"

Ja, ja…endlich hatte er begriffen, dass wir auf dem Weg zu einem Haus waren, das wir schon kannten. Das Baumschulenhaus. Ohne Absprache waren wir uns einig, es uns zur Überprüfung der wolfschen Geschäftspraktiken nochmals anzuschauen.

„Was sagten Sie?" Frau Wolf passte die Geheimkonversation offensichtlich gar nicht, „also... was haben Sie gesagt?"

Ich hatte in der Grundschule eine Lehrerin. Frau Schwabe. An die musste ich jetzt denken.

Ich lachte.

„Oh, das war Chinesisch und heißt *willkommen kleines Mädchen.* Wir fuhren doch gerade an einem mit rosa Schleifen dekorierten Haus vorbei. Eine SANDRA...In Taiwan gibt es einen ähnlichen Brauch. *Women zhidàu...*willkommen kleines Mädchen!"

Ich lachte wieder, auch weil mir so schnell etwas Glaubwürdiges eingefallen war. Das Ehepaar Wolf schien sogar beeindruckt.

„Sie sprechen Chinesisch?"

Unsere Antwort (die kein deutliches JA zum Inhalt hatte) ging in Herrn Wolfs Wutanfall unter, der sich in dem Moment entlud, als wir vor dem Baumschulenhaus zum Stehen kamen.

„Er ist schon wieder nicht da! Der kann was erleben!"

Auch Frau Wolf war nicht mehr an unserer Sprachgewandtheit interessiert und schimpfte uns Unverständliches in ihr Handy.

„Der Mediatore,...diese unzuverlässigen Italiener! Dolce vita,...das können sie!"

Passten die Italiener jetzt auch nicht mehr in die Marken?

Der Mediatore tat mir schon leid, bevor ich ihn zu Gesicht bekam. Ich wollte ihn vor den Wölfen schützen, sobald er eintreffen würde.

Und während ich mir Taktiken ausdachte, fragte mein Mann nach der Grundstücksgröße, der Wohnfläche und nach dem Preis. Grundstück und Wohnfläche blieben im Vergleich mit Trautmann unverändert, aber der Preis hatte eine Korrektur nach oben erfahren.

Ein roter Kleinwagen duckte sich hinter dem wolfschen Geländewagen, und auch der Mediatore schien eine geduckte Haltung einzunehmen, nachdem er ausgestiegen war.

„Muchas claves!" Ich streckte ihm meine Hand entgegen und zeigte mit der anderen auf den dicken Schlüsselbund, den er in seiner Linken hielt. Das war Spanisch. Aber das war egal.

Ich schickte mehrere *grazias* hinterher und wich nicht von seiner Seite.

Die Wölfe mussten die Schwänze einziehen.

Mein NEIN für dieses Objekt behielt Gültigkeit, was ich meinem Mann deutlich machte, indem ich all die Punkte wiederholte, die bei der Erstbesichtigung schon gefallen waren.

Wir sahen allerdings beide keinen Zeitverlust in dieser Aktion. Die Antipathie gegenüber dem Ehepaar Wolf wurde „zementiert", was leider mit einem Baufortschritt nicht das Geringste zu tun hatte.

Auch bei Objekt Nummer zwei wollte keine Callas singen. Das war bitter für die Wölfe, mit uns schien sich keine Transaktion anzubahnen. Frau Wolfs Geschäftssinn fing an zu schwächeln. Sie wollte nach Hause, was ich verstehen konnte, es ist anstrengend dem Kunden Freundlichkeit zu suggerieren, wenn einem gar nicht danach ist.

Ihr Zuhause erreichten wir über staubige Schleichwege, vielleicht sollten wir orientierungslos bleiben, wie beim Topfschlagen auf Kindergeburtstagen, wo man mit verbundenen Augen ordentlich rumgewirbelt wird, bevor man mit dem Kochlöffel auf Knien durch das Zimmer irrt.

Der Motor lief noch, als wie aus dem Nichts plötzlich unzählige Beagles am Maschenzaun hingen und kläfften. Die wurden einzeln und herzlich mit einem befreiten Lächeln begrüßt.

Vielleicht hätte ich zwischendurch auch mal bellen sollen!

Herr Wolf fuhr mit uns zum letzten Angebot, ein Schnäppchen, wie er sagte, und fast bezugsfertig. Was immer das schwule Pärchen zum Verkauf ihres gemeinsamen Traumes zwang, wir wollten nicht die Lösung sein. Und das hatte nicht nur mit der gewaltigen Überlandleitung zu tun, die am Grundstück vorbeiführte.

Viel Kommunikation fand auf dem Rückweg zu unserem Hotel nicht mehr statt, aber es war mir wichtig, mich ein paar Tage später per E-Mail nochmals für das leckere Mittagessen zu bedanken.

„Juhuuu...!" *Give me five,* unsere rechten Hände klatschten aneinander. Wir hatten die „Letzte Hütte" ohne Hilfe wiedergefunden. Bevor wir am Folgetag auf den Besitzer treffen würden, wollten wir das Haus am verbleibenden Nachmittag noch einmal ganz in Ruhe abschreiten. Im Innern stank es wie in all den anderen Ruinen. Eine Mischung aus Stall und Moder, angestaute Resthitze vom ausklingenden Sommer und zurückgelassene, sich zersetzende Zivilisation. Das bisschen Frischluft, das den Weg durch zerborstene Fenster fand, hatte keinen Einfluss auf die muffige Konsistenz. Neben der schlechten Luft gab es jede Menge Gerümpel, und ganz skrupellose Geschäftsleute hätten das Objekt ohne mit der Wimper zu zucken als teilmöbliert angeboten.

Das Haus war groß, aber übersichtlich strukturiert. Es gab Risse in den Mauern, aber keinen Grund zur Besorgnis. Es gab so gut wie keinen Baum auf dem Grundstück, aber einen wunderschönen Ausblick. Es gab eine asphaltierte Straße und kein Aber.

Die „Letzte Hütte" könnte es werden. Nach all dem, was wir gesehen hatten eine Option, allerdings drang nicht ein Ton von Puccinis Oper an mein Ohr. Dafür klingelte unser Handy. Wir sollten am Vormittag zu Trautmann nach Hause kommen wegen diverser Absprachen.

IL PADRONE
DER BESITZER

Dick mit Puderzucker bestäubt stand der Gugelhupf mitten auf dem Tisch in einer aufgeräumten Landhausküche. Und obwohl es Trautmanns Küche war, wurde ich von einem Gefühl der Behaglichkeit überwältigt, die mir fast Tränen der Rührung in die Augen trieb.

Ein Gugelhupf, ein etwas schief stehender Gugelhupf mit Puderzucker drauf, kann durchaus für große Gefühle stehen, und vielleicht gerade dann, wenn er etwas schief steht.

Ich sehnte mich nach einem Gugelhupf. Ich sehnte mich nach einem wohligen Zuhause. Ich wollte die Callas hören.

„Signore Paolini ist sich nicht ganz sicher, ob er verkaufen möchte."

Das war nicht die Callas, das war Herr Trautmann.

„Das Treffen wurde aber nicht abgesagt, das findet wie verabredet statt. Wir könnten über den Preis an ihn herankommen. Und die Summe in Lire ansagen. Die Italiener stehen auf umfangreiche Zahlen. Haben sich noch lange nicht von ihrer Lira verabschiedet. Und sie stehen auf Frauen. Sie sollten Ihren Charme spielen lassen, Frau Heidemann. Versuchen Sie die Nuss zu knacken. Er ist ne ganz harte!"

Ich sollte also den Nussknacker spielen. Tschaikowsky. Nicht Puccini.

Die Sache mit dem Kaufpreis schien uns irgendwie abgesprochen, würden doch beide Parteien, also

Makler und Verkäufer, davon profitieren. Eine Vermutung. Aber wenn wir das Haus haben wollten, mussten wir uns auf die Spielchen einlassen.

Gegen 15 Uhr rückten wir zur Front vor.

Der Gegner hatte sich schon positioniert, und er war zu zweit. Wen ich von den beiden zu knacken hatte, war augenscheinlich. Es war dieses kaum merkliche Nicken zur eingefrorenen Mimik, das mich so sicher machte. Der Cousin (über das Verwandtschaftsverhältnis hatte uns Trautmann aufgeklärt) schaute weitaus freundlicher drein. Ein Düngemittelhändler aus Borgolino. Beide um die Sechzig und ergraut. Paolini gelockt, der Cousin schütter und glatt.

Ich war dankbar für Trautmanns Pünktlichkeit,so mußten wir uns nicht sprachlos wie Feinde gegenüberstehen. Trautmann eröffnete das Gespräch, woraufhin Hände gereicht wurden. Paolini verfügte über Schaufeln. Mit denen würde er meine charmanten Versuche zusammenknüllen und in die Landschaft schleudern. Und wie sollte ich das überhaupt anstellen? Sprachlich war ich nach fünf mal hintereinander *bella casa* erschöpft. Ich setzte ein Dauerlächeln auf und blieb in seiner Nähe. Trautmann übersetzte uns, dass das Haus vor einem Jahr fast verkauft war. Ein Engländer, der beim Abbiegen nicht mehr an den Rechtsverkehr gedacht hatte. Mit Todesfolge.

Das war schon mal eine nette Geschichte zur angestrebten Immobilie im Süden!

Des Weiteren erfuhren wir, dass Haus und Grundstück den beiden Familien der Cousins je zur Hälfte gehörten. Paolini schaute bei den Gesprächen nur nach unten auf seine Füße, mit denen er im Staub scharrte. Er sagte wenig. Aber was er sagte, hatte offensichtlich Gewicht.

„Ci sentiamo!"

Wir würden von ihm hören. Und dann waren sie weg, ohne dass über Bandwurmsummen in Lire gesprochen wurde.

Die Termine mit den Maklern im Süden der Marken standen übermorgen an, gäbe es eine Zusage zur Letzten Hütte, würden wir die absagen.

Wir konnten nur warten, und so fuhren wir in das sechzehn Kilometer entfernte Städtchen am Meer, unsere möglicherweise zukünftige Anlaufstelle für urbanes Leben, wenn die Einsamkeit der Hügellage Druck machen sollte. Ich hatte Strandansichten im Kopf und nette, aneinandergereihte Hotels, einladende Restaurants und viel Promenade. Es ist ganz furchtbar, wenn man schon immer alles im Kopf hat, bevor man auf die Realität trifft. Da bin ich wieder beim Schuhkauf. Meine Vorstellungen gibt es nicht.

Am Strand wurde die Saison verpackt. Mit Hochdruck wurde Hunderten von Liegen Sand und Schweiß eines ausklingenden Sommers aus dem bunt gestreiften Kunstfasergewebe gespült. Von den Schirmen steckten nur noch die Ständer in grafischer Anordnung fest im Boden. Die Hotels boten ein Retro-Ambiente. Viel Hässliches aus den 60er und 70er Jahren, und die kleinen schmucken Villen in den Lücken, die offensichtlich über Jahrzehnte erfolgreich ihre Daseinsberechtigung verteidigt hatten, verfügten nicht über die Kraft, den Gesamteindruck aufzuwerten. Schafe scheren in der Lüneburger Heide hätten wir einem 14-tägigen Strandurlaub an diesem Streifen eindeutig vorgezogen.

Wir setzten uns in eine Strandbar und tranken einen Espresso zur Spätsommersonne. Im Hintergrund ratterte ein Zug, der fast das Klingeln des Handys in der Hosentasche meines Mannes übertönte.

Trautmann hatte gute Nachrichten. Wir sollten morgen gegen zehn am Haus sein.

Waren das nun wirklich gute Nachrichten? Hatte uns das Strandpanorama in Zweifel gestürzt? Wollten wir ein Haus an solch einem Küstenabschnitt? Wollten wir überhaupt ein Haus in den Marken? Hatten wir uns zu früh auf eine Region festgelegt? Stilisierten wir die „Letzte Hütte" aus der Not heraus zum Ideal? Denn eines war klar: wir konnten nicht zu eventuell anstehenden Besichtigungen einfach mal so einfliegen. Waren wir im Begriff einen großen Fehler zu begehen?

Und wieder dachte ich an das zweite Paar Schuhe, dessen Erwerb eher weniger Konsequenzen nach sich ziehen würde.

„Wir machen das jetzt. Wir verhandeln. Wir kämpfen, und sollten wir später feststellen, dass alles eine Fehlentscheidung war, können wir immer wieder verkaufen!"

Mein Mann bestellte eine Flasche Rotwein und dazu gab es jede Menge leckere *Stuzzichini*, kleine Knabbereien, die das Abendessen überflüssig machten. Unsere Stimmung konnte man als weinselig bezeichnen, nur schade, dass die Sonne nicht über dem Meer unterging!

UN SECONDO INCONTRO
EIN ZWEITES TREFFEN

Wieder standen wir alle auf der Straße wie am Tag zuvor und blickten auf das Haus.

„Un bel posto!"

In Martino Paolinis Strenge konnte ich einen Hauch Freundlichkeit entdecken, als er das sagte. *Posto* musste etwas mit Posten/Platz zu tun haben, der Rest war mir bekannt und ich bejahte heftig.

„Si, si,...un bel posto. Un bel posto e una bella casa. Una bella casa in un bel posto. Bellissimo!"

Aus zwei Aussagen war mir so etwas wie Konversation gelungen, inklusive eines Superlativs.

Darüber freute sich auch Martino, drehte uns dabei aber den Rücken zu.

Man habe mit allen Angehörigen der beiden Familien gesprochen und alle hätten dem Verkauf zugestimmt, übersetzte uns Herr Trautmann. Man würde uns 2000 Quadratmeter Grundstück einräumen, und dann fielen ganz andere Zahlen, bei denen es sich mit Sicherheit nicht um die Wohnfläche handelte. Es wurde von Millionen gesprochen, und ich versuchte mich zu erinnern, wie viel Lire ich in zurückliegenden Italienurlauben für ein Kilo Tomaten bezahlt hatte, damit ich im Kopf schon mal ein paar Nullen eliminieren und mein Puls zu einem normalen Rhythmus finden konnte.

Mein Mann hatte beruflich mit Geld zu tun. So was kann auch im privaten Leben durchaus hilfreich sein. Er trat mittels Trautmann in die Verhandlungen ein. Ich übernahm das Lächeln und bebte innerlich für den Erfolg.

Die beiden Cousins liefen ein Stück die Straße entlang und telefonierten mit den Familienangehörigen. Als sie zurückkamen, nannten sie einen beunruhigenden Lirebetrag. Mein Mann hielt mit nicht weniger beruhigenden Zahlen dagegen, es folgte weiterhin Horrendes, und wie bei einem Tennismatch wurden schwindelerregende Zahlen hin und hergeschmettert, bis mein Mann *de acuerdo* sagte, was dem italienischen *d'accordo* sehr nahe steht und auch verstanden wurde. Männerhände schlugen ein, und Triumph strahlte aus allen Gesichtern. Den Tomatenpreis hatte ich noch nicht rekonstruiert.

Dann aber ließ mein Mann über Trautmann wissen, dass er noch nicht ganz zu Ende verhandelt habe. Er forderte 3000 Quadratmeter mehr Grundstück bei unverändertem Preis.

Die landwirtschaftlich genutzte Fläche um das Haus herum war riesig, die Zugabe wäre kaum ins Gewicht gefallen, hätte der „Letzten Hütte" allerdings gut getan.

Martino brummte. Der Cousin beschwichtigte, und man kam zu dem Entschluss, einen Geometer kommen zu lassen, der das Land vermessen sollte.

Subito bellte Martino ins Telefon, und das musste mit *sofort* oder *schnell* zu tun haben, denn es dauerte nicht lange, dann wurden Stöcke in die Erde geschlagen und Schnüre gezogen. Ein paar Quadratmeter weniger als gefordert, aber dafür bekamen wir zwei große Olivenbäume dazu, die auf seinem Grundstück standen, und die wir, wenn es so weit wäre, umpflanzen könnten.

„Il compromesso facciamo domani."

Auch wenn ich nicht verstand, was Martino gesagt hatte, es klang wie eine Niederlage.

„Er spricht vom Vorvertrag. Das ist ein Vertrag vor dem notariellen Prozedere, der allerdings bindend ist. Für beide Seiten. Auch ich werde Ihnen morgen einen Vertrag zu meiner Provision vorlegen und hätte dann gerne das Geld in bar. Wir treffen uns morgen an der kleinen Tankstelle am Ortseingang von Borgolino."

Land schien man nicht gerne abzugeben. Martino Paolini stand am Straßenrand, als habe man ihm ein Stück Fleisch aus dem Körper gerissen.

„A domani!" rief Trautmann den anderen zu und unisono kam ein dreifaches „a domani" zurück.

Also bis morgen.

IL COMPROMESSO
DER VORVERTRAG

Bevor das Wörterbuch unter *compromesso* zum Vorvertrag kommt, gibt es den Kompromiss, das Mittelding, den Ausgleich und die Schiedsgerichtsvereinbarung.
Würden wir mit unserer Unterschrift einen Kompromiss eingehen, uns für ein Mittelding entscheiden?
„Das ist ja wie russisches Roulett!"
Ich hielt mir den ausgestreckten Zeigefinger an die Schläfe.

„Und ich drücke jetzt ab, meine Liebe, und rufe nach dem Frühstück die beiden verbleibenden Makler an und sage die Termine ab. Entscheidungen müssen manchmal ohne Wenn und Aber getroffen werden!"

Peng!!

Beim Frühstück entnahm ich dem *Messaggero* unser Tageshoroskop für den *Acquario* (sternbildlich gesehen teilen mein Mann und ich uns den Wassermann). Ob mein Mond im vierten Haus steht, mit wem mein Aszendent Verbindungen eingegangen ist oder ob die Venus schief hängt, das hatte mich noch nie interessiert. Aber dieses Horoskop von heute (was ich lediglich zum Zwecke des Sprachtrainings gelesen habe) war wie für uns geschnitzt.

State passando un periodo un pò buio e oggi la vostra giornata rischia di cominciare in sordina. Con il passare delle ore potrebbero avvicendarsi eventi positive e favorevoli, in particolare nel campo dei nuovi *contatti di conoscenza e di amicizia, grazie a **Nettuno** nel segno.*

Ziemlich frei übersetzt will uns der italienische Astrologe sagen, dass wir gerade üble Zeiten durchmachen, aber nur noch ein paar Stunden durchhalten müssten, denn dann würden positive Ereignisse stattfinden, vornehmlich in Sachen „neue Kontakte und Freundschaften" – Neptun sei Dank!

Wir waren vorbereitet.

Der feierliche Moment fand im Düngemittellager des schütteren Cousins statt, und ich bekam meine erste Vorstellung von ländlicher Romantik in Italien. Rechts vom Eingang stand ein wackeliger Tisch mit Wachstuchdecke, deren Blumenmuster teilweise weggebröckelt war. Es gab zwei Stühle, auf denen niemand sitzen wollte. Möglicherweise weil wir zu viele waren und man in diesem Ambiente einen Rest von Kultiviertheit bewahren wollte. Es war eine bunte Truppe aus Männlein und Weiblein, die uns freundlich begrüßte, wobei ich das Gefühl nicht los wurde, dass ein Großteil nicht begreifen konnte, warum wir bereit waren, so viel Geld für dieses alte Haus hinzulegen. Dieses Unverständnis schloss Freude nicht aus, und als wir alle unterschrieben hatten, wurde ein Tablett mit eisgekühlten Gläsern und einer Flasche Limoncello hereingetragen. Ein zuckersüßer Zitronenlikör, der mich auch heute noch an Duftsteine für Toiletten erinnert, was mich allerdings nie davon abhalten konnte, ihn zu trinken.

Die Flasche wurde geleert, wobei bevorzugt uns nachgegossen wurde, aus Gründen der Gastfreundschaft, oder einfach, weil man sich im Freudentaumel befand.

Auch ich fing an mich zu freuen. Mit dem Zucker fand der Alkohol den schnellsten Weg ins Blut, und ich fragte, was *Düngemittel* auf Italienisch heiße, und lernte das Wort *concime.*

Trautmann blieb nüchtern und wartete draußen auf sein Geld. Es war gar nicht so einfach, in so kurzer Zeit im Ausland soviel Barschaft zusammenzutragen.

„Meine Leistung schließt den Notartermin mit ein, danach habe ich Ihnen gegenüber keine Verpflichtungen mehr."

Ein paar Tage später fragte ich arglos wegen eines Ikea-Katalogs an, da wir Matratzenmaße brauchten. Ich konnte nicht ahnen, dass er das mit dem Notartermin so kleinkariert meinte.

„Weißt du, was Dünger auf Italienisch heißt?"
„Fertilizer."
„Das ist Englisch. Ich meine Italienisch."
„Keine Ahnung…"
„Aber ich! Concime!"

Ich haute meinem Mann, der am Steuer saß, mit der flachen Hand leicht auf den Hinterkopf und lachte. Ich befand mich weiterhin in Zitronenlikör-Stimmung.

Diesmal parkten wir den kleinen Mietwagen auf **unserem** Grundstück, vor **unserem** Haus. Wir hatten uns ein kaputtes Haus in Italien gekauft! Zwanzig Meter lang und zehn Meter breit. Zwei Anbauten. Ein kleines Nebengebäude mit Pizzaofen und die abgebrannte Ruine eines separaten Schweinestalls, von dem lediglich die Stahlbetonsäulen aus abwechslungsreicher Spontanvegetation ragten. Unser zukünftiges neues Zuhause, bisweilen leider ohne den ersehnten Sopran.

Es stank unverändert. Die Entsorgung der „Teilmöblierung" hatten wir den Verkäufern aufs Auge gedrückt.

Wieder zwängten wir uns durch den defekten Lattenverschlag über den linken Anbau hinein und betrachteten alle Räumlichkeiten mit dem Auge des Besitzers. Alle Fenster und die meisten Türen waren nicht mehr zu gebrauchen. Die Anbauten an der rechten Haushälfte mussten abgerissen werden. Diverse Innenwände mussten fallen, damit es Raum für Bäder gab. Den Decken sprach ich Tragfähigkeit ab, nachdem ich einen Lehmziegel aus dem locker verlegten Bodenbelag entfernte und direkt nach unten in den Stall schauen konnte.

Da wartete eine umfangreiche Aufgabe auf uns. Aber es war genau das, was wir wollten. Strapazen waren schon immer unser Glücksfaktor. Unbeschwert und leicht wollten wir nie durchs Leben dümpeln.

Im kleinen Supermercato in Mondino kauften wir alles für ein Luxuspicknick ein. Das heißt, wir nahmen von allem das Teuerste, was der Kramladen bieten konnte, und der Krämer hoffte sicherlich auf ein sich anbahnendes Stammkundschaft-Verhältnis.

Die untergehende Sonne färbte das Bergpanorama in der Ferne rötlich ein, und das Abendlicht veredelte die im plattgedrückten Unkraut ausgebreiteten Snacks zum Festessen.

Nur unser Haus blieb unberührt von diesem Zauber.

„War das alles richtig so?"

Oh, ich hasse meinen Mann, wenn er Entscheidungen im Nachhinein hinterfragt! Er, der so rational ist, der zögerliches Verhalten für alltagsuntauglich hält, der immer behauptet, sich vom Verstand leiten zu lassen.

„Ja, was jetzt?!"

Ich nahm einen großen Schluck vom Rotwein aus dem Plastikbecher. Mein Mann stieß mit seinem klanglos dagegen.

„Prost meine kleine Italienerin, ti amo!"

Dann küsste er mich, und im Sinnestaumel drückten wir noch mehr vom hochstehenden Unkraut platt. Als wir wieder zu uns kamen, lagen wir in einer Art Lichtung.

„C'è qualcuno...?"

Natürlich war da jemand! Ich hielt es für günstig, dass wir uns nicht alle Kleider vom Leib gerissen hatten. Wir waren relativ schnell in der Lage, in aufrechter Haltung ein bejahendes *Sì* über die schützende Vegetation zu schicken.

Dort stand Martino im Dämmerlicht mit beiden Schaufelhänden in den Taschen. Er schien guter Dinge, keine Spur von harter Schale.

Wir luden ihn zum Abendessen ein. Ich entnahm der Teilmöblierung drei alte Stühle, die möglicherweise ihren letzten Einsatz erlebten, aber mit Sicherheit zählte der zu den spaßigsten in ihrem Stühledasein. Ein kleines Lagerfeuer zu unseren Füßen (an brennbarem Kleinholz mangelte es nicht) sorgte für Licht und Atmosphäre. Martino erzählte von seinen Fahrten nach Deutschland, wo er Fleisch für Italien eingekauft und viel Geld verdient hatte. Weil er keine *moglie* habe, die wahrscheinlich wie alle Frauen das Geld zum Fenster hinausgeworfen hätte, konnte er sich immer wieder Grundstücke kaufen. Die waren in den 70er Jahren preiswert. Viele Italiener verließen ihr trauriges Pächterdasein und gingen ins Ausland, um Arbeit zu finden. In der Heimat sahen sie kein Auskommen mehr. Die Feudalherren hielten bis Mitte des 20. Jahrhunderts ihre gepflegten Hände auf. Die Hälfte der Erträge wurde einkassiert. Die *Mezzadria.* Mit der anderen Hälfte kamen die *famiglie numerosi* nicht mehr klar. In unserem Haus sollen zu Spitzenzeiten im Obergeschoss zwanzig Menschen gelebt haben.

Das war alles ziemlich viel Text, aber es war lustig, sich gegenseitig mit allen Mitteln der Kommunikation das Verstehen zu ermöglichen, was sogar noch eine Steigerung erfuhr, nachdem Martino eine 5-Liter Korbflasche ungenießbaren Landweins aus seinem Auto holte.

Die gute Stimmung war in jeder Hinsicht von Qualität nicht mehr abhängig. Martino stand schwankend auf und fummelte seine blaue Trainingshose auf Kniehöhe. In Unterhose drehte er sich seitlich zum Feuer, zog sie ein Stück nach unten, damit wir im flackernden Licht die Narbe einer Hüftoperation bewundern konnten.

„Badd Merkethaim...Deutscheland gutt...!"

Morgen wollte er uns durch sein Elternhaus in Borgolino führen, was er gerade renovieren ließ. Das war der Anfang einer Freundschaft, die unserer Eingemeindung in den Familienclan nach sich zog.

MATTEO IL BELLO
MATTEO DER SCHÖNE

Wir hatten ein Haus. Wir brauchten einen Geometra. Wir telefonierten mit Matteo. Eine halbe Stunde später hüpfte er im Obergeschoß von Raum zu Raum, was ordentlich Staub aufwirbelte und die Böden zum Schwingen brachte. Ich meinte ihn in Zeitlupe zu erleben. Eine auf- und abwippende Lockenmähne wie in einer Haarpflegemittelwerbung, dazu ein träges Öffnen und Schließen der mit langen Wimpern beschenkten Lider und ein lupenreines Lächeln.

„Tutto stabile!"

Ich war fasziniert.

Mein Mann nahm ihn unter Vertrag. Mündlich. Und mit mir wollte er auch noch mal reden.

„Ich bin nicht wirklich von ihm überzeugt. Was ihn ein bisschen unverzichtbar macht, sind seine Spanischkenntnisse. Wir können mit ihm kommunizieren. Und ich bitte Dich, es bei bautechnischen Belangen zu belassen!"

Dabei musste er grinsen.

Jetzt wurde ich mit Ende Vierzig doch noch etwas rot.

Matteo sollte das Haus vermessen und fachmännisch zu Papier bringen. Wir waren selbst schon mit dem Zollstock unterwegs gewesen und hatten alle Daten sorgsam festgehalten.

Aber Matteo fing mit den Sanitärobjekten an, weil wir noch eine knappe Woche vor Ort wären, die er nutzen wollte. Das erschien uns wahnsinnig früh, aber vielleicht war er so schnell mit den Renovierungsarbeiten und wollte bei Bedarf sofort auf die Materialien zurückgreifen können. Wir machten einen gemeinsamen Ausflug in das Städtchen am Meer zu COHAB. *Per costruire e habitare.*

Knappe 9000 Quadratmeter Ausstellungsfläche. Wir sollten uns ein Bild vom Angebot machen - manchmal hätte ich auch beim Einkaufen gerne nur drei unterschiedliche Zahnpasten im Regal.

Wir taumelten durch Musterbäder, und bei der Fliesenauswahl bahnten sich Gleichgewichtsstörungen an.

„Vosotros debeis saper cuantos banos quereis!"

Woher sollten wir jetzt schon wissen, wie viele Bäder wir möchten?

„Hago una cita per el jueves."

Wir sollten es bis Donnerstag wissen! Er wolle den Termin festlegen, damit wir einen Fachmann an die Seite bekommen.

Donnerstag! In zwei Tagen! Wir sollten uns bis Donnerstag über die Anzahl unserer Nasszellen im Klaren sein!

Das war uns alles ein bisschen schnell, aber wir gehorchten.

Wir kauften Millimeterpapier, Lineale, Stifte und einen Radiergummi. Damit gingen wir am Abend in die Pizzeria „La Rocca" in Mondino zum Essen. Wir setzten uns an einen Vierertisch, damit wir uns ausbreiten konnten. Mein Mann zeichnete das Erdgeschoß, ich zog die Linien für den Bereich oben drüber. Dazwischen bestellten wir eine „Diavola" und eine „Vegetariana". Als wir die Fenster markieren wollten, kamen die Pizzen. Bevor die abgestellt werden konnten, mussten wir Platz schaffen. Ein Sechsertisch wäre günstiger gewesen. Da ich nun schon mal mit dem Werkzeug ausgerüstet war, hielt ich mich nicht zurück, den Durchmesser meiner „Vegetariana" zu ermitteln. Sechsundvierzig Zentimeter und ein bisschen Käse am Lineal.

Den Donnerstag fürchteten wir etwas, nicht weil wir unsere Hausaufgaben nicht gemacht hätten (vier Bäder gingen in die Planung ein), es war die Qual der Wahl, die drückte. Wir hatten noch gar kein Farbkonzept, dabei wollten wir diesmal ganz mutig sein, weg vom Weiß, das wir uns immer als so unvergleichlich praktisch eingeredet hatten, weil man mit Stapeln gefalteter Frottierware wechselnd bunte Akzente setzen konnte.

Jetzt hieß es weg von der Handtuchnummer und rein zu COHAB, wo uns neben Matteo ein Alessandro beratend zur Seite rückte. Die beiden schienen ein eingespieltes Team, im Nu fanden wir uns gefühlt Hunderten von Waschbecken gegenüber. Vornehmlich in Weiß, was zugegeben eine entspannende Wirkung auf uns hatte, gefordert wurden wir lediglich in Sachen Form und Größe. Wir verbrachten Stunden auf den unterschiedlichsten Ebenen. Wir zogen Schubladen, klappten Mustertafeln, schoben großflächige Beispiele über Schienenvorrichtungen, blätterten in Einzelfließen und zeigten abschließend emotionslos auf Toilettenbecken und Bidets. Danach durften wir immer noch nicht gehen, obwohl ich schon völlig unterzuckert und für Ausstattung von Traumhäusern im Süden nicht mehr empfänglich war. Ich musste etwas essen, aber darauf wurde keine Rücksicht genommen, denn die Armaturen standen noch aus. Wände und Podeste voller Edelstahl, mal blank, mal gebürstet. Ich gab mich entscheidungsfreudig, auf einer Streckbank hätte ich auch nicht anders reagiert. Aber wie das so ist, wenn man unter Folter gesteht,… es ist nicht immer die Erlösung.

Statt ins Ristorante ging es in Alessandros Büro, der all die gesammelten Daten ausdauernd in seinen Computer tippte und zum Druck freigab, was eine Papierlawine freisetzte, die sich in Wellen auf unsere Füße zubewegte. Wir konnten es nicht fassen, dass wir das alles bestellt hatten. So viel…und dann auch noch fast durchgängig in Weiß!

Medizinisch gesehen war ich für eine Magenspiegelung vorbereitet.

UNA CENA IN FAMIGLIA
EIN FAMILIENESSEN

Wenn ich Gäste zum Essen einlade, überlasse ich nichts dem Zufall. Tage vorher lege ich das Menü fest und schreibe alle Zutaten, die ich brauche, auf einen Zettel. Auf einem anderen Zettel steht die Abfolge der Arbeitsschritte, die auch schon mal über zwei Tage verteilt werden. Den Tisch decke ich mit Liebe am Spätnachmittag, und jedes Mal gehe ich davon aus, dass die letzten Handgriffe schnell erledigt sind, also Zeit zum Haarewaschen bleibt und ich mit lackierten Fingernägeln glänzen kann.

Für die nicht vorhandene Frisur entschuldige ich mich später bei den Gästen, und während ich erfrischendes Mundwasser durch die Zähne ziehe, entferne ich in der Regel den Fingernägeln die Zutatenreste mit einer Nagelfeile.

Bei Martino schien sich niemand dem Perfektionismus verschrieben zu haben. Ganz entspannt begrüßte er uns, ohne Häppchen zu reichen oder nach dem ersten Getränkewunsch zu fragen. Wir standen im Kies vor seinem Landhaus in Alleinlage und bewundern die *bella vista*. Isabella, seine Schwester, kannten wir vom Compromesso. Sie umarmte und küsste mich, als hätten wir gemeinsam schon mehrere Kaufverträge unterschrieben. Sie stellte uns ihren Mann Giovanni vor, der etwas verlegen im Abseits stand.

Martino trug kurze Sporthosen und Plastiklatschen. Im Arm hielt er einen kleinen Yorkshire Terrier, dem er mit seinen dicken Fingern trockene Pflanzenreste aus dem Fell zupfte.

„Questo è Piccolo", er hielt ihn mit beiden Händen in die Höhe, „ gli altri sono dietro la casa."

Gab es hinter dem Haus noch mehr Hunde?

Wir machten uns auf den Weg, vorbei an einem reifenlosen Fahrrad, diversen Metalltonnen, um die sich der Rost kümmerte, und schwarzen Müllsäcken.

"Ecco la!"

Keine Hunde.

Die Truppe, die vor einem kleinen rußgeschwärzten Häuschen stand, drehte sich zu uns um.

Giulia, die Schwester aus Florenz mit ihrem Mann Michele. Lucia und Eduardo. Eduardo war der Bruder von Giovanni. Alfredo war ein guter Freund. Er hatte seine neue Liebe Fatima mitgebracht. Das Alter lag bei Mitte Fünfzig bis Mitte Sechzig. Lucia hatte eine angenehm raue Stimme, ohne je geraucht zu haben. Vielleicht war die Stimme vom vielen Reden so kratzig. Sie lachte viel und war die Wortführerin. Sie stellte uns alle nacheinander vor. Wir lernten die Worte *fratello, sorella, cognato, cognata* und *fidanzata.* Verwandtschaftsvokabular.

Alle waren in guter Stimmung und redeten pausenlos auf uns ein, was den Vorteil hatte, dass wir kaum Antworten liefern mussten.

Im rußgeschwärzten Häuschen befand sich der holzbefeuerte Backofen, in dem eine Gans und zwei Hühner vor sich hin schmorten. Möglicherweise hatten die drei am Morgen noch mit den „Kollegen" auf den umliegenden Wiesen herumgepickt. Gelegentlich wurde das Bratgut gewendet und großzügig mit Olivenöl begossen. Giovanni brach Rosmarin vom nahestehenden Busch, um ihn in den Alubräter zu bröseln, nachdem Lucia und Isabella mit brachialer Gewalt das Geflügel in Stücke zerlegt hatten.

„Lo fate così anche in Germania?"

Nein, wir würden den Braten heile lassen, antwortete ich vornehmlich im Infinitiv mit Hilfe des kleinen Langenscheidts "Italienisch für unterwegs".

Das Fleisch ging zurück in den Ofen und wir machten uns mit der Truppe auf den Weg ins Haus. Das System kannten wir schon: unten Stall, oben Wohnen. Im Stall stand kein Vieh mehr, dafür allerhand Schrott. Die steile, geländerlose Treppe stellte nüchtern noch keine Herausforderung dar. An den Abstieg mochte ich gar nicht denken.

Ohne einen Flur queren zu müssen, ging es direkt in einen großen Raum mit Holzbalkendecke. Von beiden Längsseiten fiel das Licht durch mehrere gardinenlose Fenster auf einen langen ungedeckten Tisch, der von einem Sammelsurium aus Stühlen umstellt war.

Die unregelmäßig verputzten Wände waren gekalkt, ein umfangreiches Netz aus Stromkabeln lag auf Putz, und scheinbar planlos eingeschlagene Nägel wurden doch noch einem Zweck zugeführt. Da hingen eine Nagelschere, eine Fliegenklatsche, eine Taschenlampe und ein Strohhut. Der Kalender der *Banca delle Marche* befand sich fast auf Kniehöhe. Man musste sich zum Datum bücken.

Giulia holte aus einer Vitrine einen Stapel Teller und verteilte sie auf dem Tisch, dem Lucia zur Feier des Tages eine Tischdecke verpasst hatte. Martino füllte Landwein in Flaschen und warf eine Stange Plastikbecher zu den Tellern. Fatima wollte sich um die Bestecke kümmern, wurde aber immer wieder vom schmachtenden Alfredo daran gehindert, der seine massigen Arme um seine gut ausgestattete Geliebte legte, die er leidenschaftlich küsste, wenn er nicht gerade italienisches Liedgut trällerte. In der winzigen Küche, die eigentlich nur eine Nische des großen Raumes war, dampfte Nudelwasser auf einer Gasflamme. Daneben blubberte in einer großen Pfanne eine Bolognese. Isabella wusch Salat, und ich blätterte im Wörterbuch, damit ich meine Hilfe anbieten konnte.

„Posso aiutare?"

Ich durfte den Parmesan in eine Plastikschüssel reiben, während die Männer schon am Tisch saßen und Rotwein aus weißem Plastik tranken. Dazu wurde eine von Martino hausgemachte Salami aufgeschnitten.

„Eccezionale...!" kam es aus aller Munde. Wahrscheinlich lösen die Salamischeiben jedes Mal dieses Prozedere aus.

Lucia ging nach unten, um nach dem Fleisch zu sehen und die in Öl schwimmenden Kartoffelviertel mit Rosmarin dazuzuschieben.

Als die Pasta „al dente" war, wurde sie in ein riesiges Sieb zum Abtropfen geschüttet, was uns kurzfristig im Dunst verschwinden ließ. Nudeln und Soße wurden gemischt, wobei ein Großteil des von mir geriebenen Parmesans ebenfalls darin verschwand. Auf die Teller kamen ordentliche Haufen, und sobald jemand einen vor sich stehen hatte, fing er auch schon an, ihn abzutragen.

„Quanto è buono il sugo!"

Essen schien permanent kommentiert zu werden. Ich konnte mit *sugo*/Soße meinen Wortschatz erweitern.

Ob wir in Deutschland auch Pasta essen würden?

Was sollte ich darauf antworten? Welche Vorstellungen hatte Martinos Familie von *la Germania?*

„Ma naturalmente!"

Ein improvisierter Volltreffer meinerseits, ich wollte ein schlichtes *SI* vermeiden.

„Parli molto bene!"

Für meine rudimentären Sprachkenntnisse gab es Lob. Das lief vor Jahren in Spanien nicht anders ab. Holperte ich damals durch die ersten Zusammenkünfte mit Einheimischen, gab es für meine Bemühungen anerkennende Schulterklopfer, die ich immer wieder peinlich berührt abwinkte.

Ich befand mich ganz unten auf der kritiklosen Ebene. Als ich mich später allerdings mehrere Ebenen nach oben gearbeitet hatte, sprach ich plötzlich ein schlechtes Spanisch. *Sie vergisst immer den Subjuntivo bei Relativsätzen…!*

Gans und Hühner nannte man *arrosto,* und es war wunderbar. Das Zerteilen während des Garens machte jetzt Sinn. Sternförmig zentrierten sich die Hände zum Bratgut und entrissen (jedenfalls wirkte es so auf mich) dem Bräter knusprig braune Stücke. Die Kartoffeln machten eine ganz schnelle Runde, und dann wurde nicht mehr geredet, bis zu einem gestöhnten *BUONO,* das vornehmlich den Männern in zurückgelehnter Haltung entwich. Die Frauen verließen schon wieder ihre Plätze, räumten ab und brühten Kaffee auf, den es dann zu den kleinen Windbeuteln aus der *Pasticceria* gab. Alfredo sang *Mi sono amorato di Fatima,* die im Originaltext eigentlich *Marina* heißt. Den Refrain sangen alle mit, und wir erhoben den süffigen Landwein auf Fatima, die glücklich lächelnd die Augen niederschlug.

Lucia fragte uns, welche italienischen Lieder wir kennen würden.

„Azzurro", „Una fiesta sui prati" und natürlich "Volare" kam uns in den Sinn.

Die Italiener waren absolut textsicher, wir waren dafür beim Refrain etwas lauter. Danach gab es einen von Martino selbstgemachten Walnusslikör, der bei mir die Gedanken an die geländerlose Treppe komplett auslöschte. Mein Mann und ich nuschelten geforderte chinesische Hörproben und mussten erklären, was es in Taiwan alles zu essen gab.

Zur Frage nach der Toilette zeigte Isabella in die Küchennische. Dort gab es eine moderige Holztür und dahinter ein lausiges Ambiente. Unter anderen Umständen hätte ich mir meine Bedürfnisse verkniffen, aber bei dieser Gastfreundschaft und der zwanglosen Herzlichkeit habe ich es einfach laufen lassen.

„Alla prossima…", es wurde umarmt und geküsst, als sei es ein Abschied für immer, dabei handelte es sich um einen Neuanfang.

Vor der Abfahrt zum Flughafen gruben wir am Haus noch schnell zwei Kastanien in die Erde, die ich in Borgolino eingesammelt hatte. So lasst uns denn zwei Kastanienbäumchen pflanzen...

PAZIENZA – GEDULD

Geduld ist die Fähigkeit zu warten.

Wir warteten nun schon fast zwei Monate, ohne eine Nachricht aus Italien. Wir hatten all die Wochen nicht nachgefragt, weil wir nicht drängeln wollten. Wir strebten eine entspannte Zusammenarbeit an.

Ende November schrieb ich Matteo dann doch ein paar Zeilen. Diskret gewählte Worte zu den ersehnten Plänen unseres Hauses, zu denen wir schon vor langer Zeit unsere skizzierten Vorstellungen eingereicht hatten.

Babbo Natale würde sie uns bringen, schrieb er zurück. Und so freuten wir uns wie schon lange nicht mehr auf den Weihnachtsmann.

Kinder hätten ein Trauma davongetragen, wir verarbeiteten diese Enttäuschung wie erwachsene Menschen, die den Glauben an den Weihnachtsmann schon lange verloren hatten.

Keine Nachricht. Keine Pläne.

Ich wagte eine zweite Mail. Keine Antwort.

„Aber blaugrüne Augen…!"

Mein Mann beugte sich schnaubend über seine Zeichnungen, an denen er immer wieder herumfeilte, damit die Fenster von Anbau und Obergeschoss in einer Flucht lagen, die Bäder aber auch alle Tageslicht bekamen.

Herr Trautmann informierte uns, dass der Notartermin am 18. Februar stattfinden sollte. Ich informierte Matteo, dass ich dann die Pläne entgegen nehmen würde.

Zur Weitsicht meines Mannes gehört auch unser Tod und die damit verbundene Erbschaftsprozedur. Die Kinder sollten von Anfang an als Miteigentümer dabei sein und das erforderte in kurzer Zeit viel Bürokratie. Ich sollte alleine zur Unterzeichnung nach Italien fliegen, bis dahin musste mir von jedem Kind eine notariell beglaubigte Vollmacht in den Sprachen Deutsch und Italienisch vorliegen, nebst Kopie des Personalausweises.

Am 11. Februar betrat ich mit unvorstellbar hässlichen grau-schwarzen Wildlederhalbschuhen in München deutschen Boden. Eine vier Zentimeter dicke Kreppsohle erschwerte mir meinen natürlichen Gang, erwies sich aber bei den zweistelligen Minustemperaturen als lebensnotwendig. Eitelkeiten konnte ich mir gar nicht leisten und ich hätte auch kein eleganteres winterhartes Modell im subtropischen Taipeh auftreiben können. Auf mich warteten ganz andere Probleme. Die Dokumente unseres jüngsten Sohnes lagen trotz wiederholter Dringlichkeitsaufschreie nicht einmal im Postkasten unserer Freunde in München, der eine letzte Option darstellte. Unser Jüngster ist ein Verwaltungslegastheniker, er gehört zu jenen Menschen, die sich aus nicht nachvollziehbaren Gründen hartnäckig vor bürokratischen Notwendigkeiten drücken. Die Kopie des Personalausweises spuckte mir das Faxgerät der Freunde aus. Für eine beglaubigte Vollmacht war es zu spät.

Am Vormittag hatte ich bei der Bank einen Termin. Ich musste ziemlich viel Bargeld entgegennehmen, die Italiener wollten einen Teil der Restsumme in Scheinen auf die Hand.

Ich weiß nicht warum, irgendwie kam ich mir kriminell vor. Nicht weil ich mit falschem Schuhwerk in der Kassenhalle stand, vielleicht war es das Verstauen der kleinen Bündel in meinem Rucksack, wie man es in Kriminalfilmen sieht. Dann musste ich noch unbehelligt die Filiale verlassen, mögliche Verfolger abschütteln und die „Beute" unversehrt zum Bestimmungsort bringen. Ich trat zwei Tage später meinen Weiterflug an.

Den italienischen Zoll passierte ich mit aufgesetzter Selbstsicherheit (obwohl ich rein rechtlich nichts zu befürchten hatte), erst im Mietwagen (ich verriegelte von innen) fühlte ich mich wieder sicher.

Nach Schnee und den eisigen Temperaturen in München freute ich mich über die Sonne und den wolkenlosen Himmel in Bella Italia. Ich entschloss mich, die Autobahn zu meiden und wollte ganz gemütlich am Meer entlangfahren. Wir waren noch nie auf diesem Streckenabschnitt mit dem Auto unterwegs gewesen, und wenn ich erst einmal aus dem Flughafeneinzugsgebiet draußen bin, dachte ich, dann wird es richtig schön.

Dachte ich.

Es lag nicht nur an der entlaubten Natur, die ich in den letzten fünf subtropischen Wintern nicht mehr erlebt hatte. All die Ortschaften, die sich hier aneinanderreihten, Ortschaften mit privilegierter Küstenlage, hatten es offensichtlich über einen langen Zeitraum der Natur gleich getan. Welken und Abwerfen, aber ohne jemals einen Frühling (*Alles neu macht der Mai...*) dazwischenzuschieben. In den Sommermonaten schienen Gäste willens zu kommen.

Verwitterte Hotels mit heruntergelassenen Rollläden und gestapelten Plastikstühlen auf den Balkonen schlummerten selbstsicher der nächsten Saison entgegen.

Ufficio Turistico las ich rechter Hand an einem einstöckigen Gebäude, als ich an der Ampel auf Grün wartete. Das konnte nur eine Verteilerstelle für Fluchtpläne sein!

Ich wollte durchgehend grünes Licht, damit ich ungehindert diese riesige Enttäuschung hinter mich bringen konnte. In der Regel hilft der Lippenstift, mit dem man bei der nächsten roten Ampel die Lippen nachziehen möchte, die dann mit ungebrochener Regelmäßigkeit nie kommt, so dass man ungeschminkt bei freier Fahrt am Zielort einläuft. Diesmal hätte ich allerdings mehrmals meinen Lippen ein frisches Rot verpassen können. Aber mir war nicht danach. Wenn ich anhalten musste, versuchte ich zwischen den Lücken der vernachlässigten Zivilisation ein Stück türkiesblaues Meer zu ergattern. Ein Stück Zuversicht.

Ich hätte weinen müssen, aber mir fehlte die Tränenflüssigkeit. Sie war während des Langstreckenflugs verdunstet, eventuelle Reste hatten die Gelegenheit, sich bei den Münchner Freunden in der überheizten Wohnung zu verflüchtigten. Ich trockne über den Wolken, wo Reinhard Mey die Freiheit als grenzenlos besingt, regelmäßig unerfreulich aus.

Mir schmerzten die Augen und die Nasenschleimhäute, mich schmerzten die Eindrücke, mich schmerzte die Unzuverlässigkeit unseres Sohnes und mich schmerzte die Abwesenheit meines Mannes. Weltschmerz eben.

Beim kleinen Städtchen am Meer bog ich ab ins Landesinnere und es schien, dass sich mit jedem Kilometer, den ich mich von der Küste entfernte mein Weltschmerz ein Stück legen konnte. Mit jedem Hügel wurde ich ruhiger. Jeder Hügel trug zum Gelingen einer lieblichen Landschaft bei, die uns vor einem halben Jahr den Ruck gegeben hatte, die „Letzte Hütte" zu kaufen. Das sprießende Wintergetreide sorgte für ein knalliges Grün, während die eingestreuten Punkte des silbrigen Grau-Grün der Olivenbäume als kleine Dämpfer fungierten. Einige Felder lagen wie braune Teppiche dazwischen und all die Büsche und Bäume, die ihr Laub abgeworfen hatten, konnten ein leichtes Hoffen auf den Frühling nicht verhindern.

Bevor ich mein Hotelzimmer in Cornado bezog, stattete ich unserem Haus einen Besuch ab. Ich hielt immer wieder die Luft an, während ich mich auf der schmalen Landstraße nach oben schlängelte. Ich hatte ein bisschen Angst vor dem Moment des Wiedersehens. Was, wenn die Begeisterung vom Spätsommer Schlagseite bekam?

Kurz vorm Eintreffen kniff ich die Augen zusammen (was man beim Autofahren eigentlich vermeiden sollte) und dann sah ich es, unser Haus, wie es unangetastet im wintertrockenen Unkraut stand.

Ich stieg aus. Die Stille hörte sich gut an, was den Einsatz der Callas anging, da hegte ich Hoffnung. Ich war jetzt erst einmal zu Hause. Ich tätschelte neben dem Haupteingang von der Sonne aufgewärmtes Mauerwerk, wie den Hals eines Pferdes.

„Na du altes Haus" sagte ich, was ich durchaus auch zu einem Pferd hätte sagen können.

Dann zwängte ich mich durch den defekten Lattenverschlag im Anbau nach drinnen. Martino hatte ausgeräumt wie versprochen. In einigen Räumen waren die Deckenbalken gesandstrahlt. Hier wollte Matteo Aktivitäten vorweisen können. Es war kalt, aber die Temperaturen hatten den Gestank nicht auf Eis legen können. Umso mehr genoss ich den Ausblick aus dem Obergeschoss in die Berge, die mit ihren schneeweißen Spitzen ein unregelmäßiges Zick-Zack-Muster in den blauen Himmel stanzten. Ich zog meine schweifenden Blicke zurück und streifte über den „Garten" mit jeder Menge Zweifel im Schlepptau, ob wir es je schaffen würden, diese Wildnis zu kultivieren. Über einem schwarzen Loch, das die Ausmaße eines gängigen Lagerfeuers weit überschritten hatte, blieb ich hängen. Hier musste jemand ordentlich gezündelt haben. Die in die Luft ragenden Beine ehemaliger Stahlrohrstühle sprachen für Martino, der hier seinem Versprechen der Entsorgung nachgekommen sein musste. Autoreifen, klumpiger Dünger, Resopalmöbel, Matratzen und Plastikschrott gingen hier offensichtlich in Flammen auf. An diesem Flecken wurde über Jahre jedem eingegrabenen Pflänzchen eine Zukunft verwehrt.

Der Tag endete für mich früh. Ohne Abendessen ging ich ins Bett und schloss meine schmerzenden Augen. Eine Speisekarte hätte ich nicht mehr lesen können.

Gegen vier Uhr war ich jetlagbedingt ausgeschlafen. Das war eine gute Zeit mit meinem Mann zu telefonieren.

„Und, bist du immer noch überzeugt? Wie schaut es aus, welchen Eindruck hast du…?"

„Nimm niemals die Küstenstrasse vom Flughafen!"

„Haben wir einen Fehler gemacht?"

„Nein, alles gut. Weg vom Wasser, rein ins Land, dann ist alles gut."

„Was soll das heißen,…du klingst so deprimiert…?"

„Ich bin eher verärgert, wegen unseres Jüngsten."

„ *Pazienza cara*! Vielleicht kann man die Vollmacht nachreichen. Ansonsten machen wir alles so, wie besprochen. Du kannst mich Tag und Nacht erreichen, sollte es morgen beim Notar Probleme geben. Was machst du heute?"

„Dich vermissen und dann Richtung Berge fahren."

„Nimm das Geld mit!"

„Welches Geld?" Es tat mir gut, dass ich lachen musste.

L' APPUNTAMENTO DAL NOTAIO
DER NOTARTERMIN

"C'era una telefonata per Lei."

Der Mann hinter dem kleinen Rezeptionstresen in meinem Hotel spreizte Daumen und kleinen Finger seiner rechten Hand ab und hielt sie sich ans Ohr.

„Un Signore Trautmann."

Ich solle *subito,* also sofort zurückrufen, es sei dringend. *Urgente.*

So erfuhr ich, dass der Notartermin am morgigen Tag nicht stattfinden würde, weil die Schwester aus Florenz noch nach ihre Heiratsurkunde suche.

Meinen Mann erwischte ich rechtzeitig vor dem Zubettgehen, und weil die Suchaktion ein offenes Ende hatte, war er dafür, dass ich das Geld morgen bei einer Bank hinter Schloss und Riegel brachte. Eine letzte Nacht auf dem Finanzpolster!

Auf der Bank in Montenovo sprach man kein Englisch. Aber ich konnte mich verständlich machen, dass ich eine *cassaforte* brauchte und ich verstand, dass ich das Schließfach für mindestens ein Jahr mieten musste. Ich unterschrieb einen Vertrag und brachte das Geld in Sicherheit.

Im Hotel spreizte der Mann hinter dem kleinen Tresen der Rezeption wieder Daumen und den kleinen Finger ab und hielt sie sich ans Ohr.

„Signore Trautmann. Urgentissimo!"

Ich rannte auf mein Zimmer.

„Es bleibt nun doch bei heute 15.00 Uhr. Die Heiratsurkunde wurde gefunden."

„Ich habe gerade das Geld zur Bank gebracht! Würden Sie sich mit mir über mein Handy in Verbindung setzen, bekäme ich Ihre Informationen nicht erst im Hotel! Ihr Guthaben wird nicht wie beim Bleigießen zu Silvester dahin schmelzen, wenn Sie meine taiwanesische Nummer anwählen! Die Banken sind jetzt geschlossen!"

Zwischen 14.40 Uhr und 15.40 Uhr gab es allerdings noch ein kleines Zeitfenster, genauer gesagt standen mir lediglich zwanzig Minuten zur Verfügung, das Geld aus dem Tresor zu nehmen und pünktlich in Borgolino beim Notar zu sein.

Ich duschte, wusch mir die Haare und zog mich etwas schicker an, weil ich der Überzeugung war, dass es dieser Moment verdiente. Das Schuhwerk blieb alternativlos.

Für die Italiener hatte ich chinesische Kaligraphien in Tusche im Gepäck. In den Maßen 15x15 gerahmtes Glück und Wohlstand, Gesundheit und Zufriedenheit. All das hätte ich mir jetzt gerne selbst an die Wand genagelt, zumal ich meinen Mann nicht erreichen konnte.

Völlig außer Atem, mit Schweiß auf der Stirn und pochenden Schläfen öffnete ich den rechten Teil einer schweren zweiflügeligen Tür. Ich war offensichtlich noch nicht zu spät, die Italiener standen in Wintermänteln im Vorraum.

Wieder fiel das Wort *pazienza*, ich solle ganz entspannt sein, der *Notaio* sei *in ritardo*. Es gab Verzögerungen. Dann stürzten sie auf mich zu und begrüßten mich wie einen verlorenen Sohn. Zurück blieb Herr Trautmann, der diese Herzlichkeit offensichtlich gar nicht fassen konnte. Erst als man von mir abließ, kam er mit ausgestreckter Hand auf mich zu.

Er stellte mir Antonia vor, die sich um die Übersetzungen ins Italienische gekümmert hatte.

Ihre Mutter war auch anwesend. Eine Schweizerin mit italienischem Gatten, die großen Wert auf eine bilinguale Erziehung gelegt hatte. Antonia stellte sich an meine Seite und wir machten etwas Smalltalk, der immer wieder von einem „odr" durchsetzt wurde. Ich ordnete diese sprachliche Marotte unserem „na", „gell" und „wa" zu, aber als sie ihrer Frage, ob der Geburtsort unserer Tochter denn in Norwegen liege, ein „odr" hinterherschickte, wusste ich, dass sie damit Zweifel ausdrücken wollte. Sie hatte bei den Übersetzungen nach dem Ort hinterhergegoogelt und sich für Norwegen als Herkunftsland entschieden. Das war falsch. Das hatte unsere Tochter beim ersten Durchlesen auch schon bemerkt, sich aber offenbar nicht um die Richtigstellung gekümmert, was wir ihr dringend ans Herz gelegt hatten. Norwegen ließ sich nicht einfach durchstreichen und durch ein darüber gekritzeltes Deutschland ersetzen. Hier ging es um eine beglaubigte Vollmacht mit Stempel und Unterschrift. Jetzt war es eine beglaubigte Vollmacht mit Stempel und Unterschrift für den Papierkorb.

„Ja, schaun wir mal, odr…"

Fünf Worte in schweizerischem Timbre, die mir wenig Erleichterung verschafften. Ich wollte meinen Mann anrufen, den ich sowieso noch über den aktuellen Termin informieren musste.

Manchmal schütte ich mir den Inhalt meiner Handtasche einfach vor die Füße, nachdem ich ergebnislos stundenlang darin herumgewühlt habe. Aber auch ohne dieses Chaos auf dem Fußboden des ungeheizten Vorzimmers (die Italiener standen nicht Mangels einer Garderobe in ihren Wintermänteln herum) wurde mir ziemlich schnell klar, dass ich mein Mobiltelefon im Hotel vergessen hatte. Ich rauschte innerlich zusammen und fühlte mich wie in den Träumen, in denen ich unvorbereitet zu Prüfungen erscheine, oder meinen Text fürs Theaterstück nicht gelernt habe, oder zwanzig Gäste zum Abendessen vor der Tür stehen, ohne dass ich einen Handschlag in der Küche gemacht hätte, geschweige denn, die notwendigen Einkäufe getätigt worden waren.

Ich empfand fast Dankbarkeit für die Ablenkung, als Isabella mich nach dem momentanen Wetter in Taipeh fragte, und alle, die zum Unterzeichnen gekommen waren, meinen Versuchen lauschten, eine meteorologische Antwort in italienische Worte zu fassen.

„Niente scarpe di inverno", ich zeigte entschuldigend auf meine Schuhe, weil ich deutlich machen wollte, dass ein richtiger Winter gar nicht stattfinden würde und somit eine geringe Nachfrage nach Winterschuhen das Angebot regelt. *Domanda e offerta.*

Vielleicht hatten sie mich gar nicht richtig verstanden, denn es waren eher mitleidsvolle Blicke auf meine Füße. Blicke, die auch Zweifel hätten ausdrücken können, ob ich unter diesen altmodischen Umständen das abgesprochene Bargeld dabei hätte.

„Il caso Heidemann/Paolini per favore."

„Finalmente!" stöhnten die Italiener und ich fühlte mich auf dem Weg zum Schafott.

Alle Dokumente lagen ausgebreitet auf dem Schreibtisch des *Notaio*. Der Schreibtisch befand sich hinter einem mit reichlich Schnitzwerk verzierten Tresen, der mich an ein Chorgestühl erinnerte, aber Beten würde jetzt auch nicht mehr helfen, das wusste ich. Wir, die Kunden, standen jenseits dieser Absperrung, als sollten wir auf Abstand gehalten werden. Il Signore Malatesta, der Notar, nuschelte ein *Buonasera*, während Antonia ihn über die Schwachstellen des *Caso Heidemann/Paolini* aufklärte.

„Porca miseria!" donnerte dieser und haute auf den Tisch, dass nicht nur die Dokumente einen kleinen Satz machten, auch wir Außenstehenden zuckten kurz zusammen.

„I bambini sono fuori!" Herr Malatesta sank auf seinen mit brüchigem Leder gepolsterten Thron und barg seinen roten Kopf in den aufgestützten Händen.

„Also, die Kinder können bei der Unterzeichnung nicht mehr berücksichtigt werden,…odr. Es fehlt eine Vollmacht und es gibt eine Falschangabe. Wir müssen den Vertrag umschreiben,…odr. Das machen wir jetzt sofort,… odr, weil Sie ja nicht so lange hier sind,… odr, und in den nächsten zwei Wochen gibt es keine Termine mehr. Odr…

Genau so hatte ich mir das alles gar nicht vorgestellt, zumal mich der Notar nach der neuen Aufteilung der Anteile fragte. Fünfzig Prozent für jeden Ehepartner, oder fünfundsiebzig zu fünfundzwanzig, oder alles für einen, oder…odr..

Jede Möglichkeit hatte ich mit meinem Mann durchgesprochen, aber „jede" schien nicht ausreichend gewesen zu sein. Ich musste ihn anrufen. Ich hatte kein Telefon. Ich bat Herrn Trautmann mir seines kurz auszuleihen, nur ein Weckruf (in Taipei war es weit nach Mitternacht), dann würde sich mein Mann sofort zurückmelden. Trautmann umklammerte sein Handy in der Hosentasche und schüttelte den Kopf.

Antonia diktierte derweil ihrer Mutter den neuen Text, den diese in den Computer eingab. Der Notar stand hinter den beiden und beugte sich hochkonzentriert über das Geschehen.

„Antonia, ich muss meinen Mann in Taipei anrufen. Könnten Sie den *Notaio* fragen, ob ich sein Telefon benutzen darf? Es ist wegen der Aufteilung der Anteile. Ich weiß nicht, was ich machen soll."

Signore Malatesta (ich erfuhr später, dass das Kopfschmerzen heißt) nahm sein schwarzes Telefon, ein Telefon mit Wählscheibe und dem Hörer quer auf der Gabel, wählte ein Amt und stellte es mir stöhnend auf den Tresen. Zu allererst versuchte ich es mit der Handynummer meines Mannes. Das Handy war ausgeschaltet. Um das Festnetz anzuwählen, brauchte ich erneut ein Amt, hatte aber die Nummer nicht. Die hatte Signore Malatesta und der hatte nur noch wenig Geduld. Aber er drehte an der Scheibe und ich wählte unser Zuhause in weiter Ferne an. Dummerweise klingelte das Telefon bei uns auf der Galerie im Obergeschoss nur drei Mal, dann wanderte der Klingelton nach unten in die Küche, weit ab von der Möglichkeit, im Schlafzimmer noch gehört zu werden.

„Antonia, ich müsste noch mal…"

Drei Versuche hatte ich noch gewagt, dann wurde der Name Programm und Herr Malatesta bekam Kopfschmerzen.

Ich beruhigte ihn mit meiner fünfzig/fünfzig Entscheidung und reihte mich wieder bei den Italienern ein, die alle (jetzt mit den Mänteln über dem Arm) teilnahmslos an der Wand standen. *Pazienza* schien durch die verbrauchte Luft in dem kleinen überheizten Raum konserviert worden zu sein. Die Unruhe kehrte allerdings zurück, nachdem Martino ein Fenster öffnete.

„Signore Notaio, quando va al bagno? Dobbiamo regolare la questione del denaro!"

Die Notare wissen in der Regel davon, dass ein Teil der Verkaufssumme am Vertrag vorbeifließt. Eine Grauzone. *Una zona grigia.* Bei der Übergabe verschwinden sie kurz. Da bietet sich häufig ein Gang zur Toilette an.

Aber bei Signore Malatesta saß der Druck ganz woanders. Noch immer wurde am neuen Dokument gebastelt und draußen stauten sich möglicherweise die nächsten Klienten.

„Non ci sono!" er hob kurz seinen Kopf, schloss die Augen und winkte ab.

Kleine Kinder machen das genauso. Patschen sich die Händchen vors Gesicht, sind überzeugt, nicht mehr anwesend zu sein und wir Erwachsenen müssen in überzogen erstauntem Tonfall fragen, wo denn nun die kleine Lisa (oder wer auch immer) sei.

Der Notar wollte also keine Notiz vom Bargeld nehmen, betrachtete sich als abwesend und die Italiener schoben mich zum Tresen. Ich packte das Geld aus und zählte auf Deutsch die Scheine ab, begleitet von einem chorähnlichen Gemurmel italienischer Zahlen.

Zumindest die Geldübergabe war mir gelungen. Bei der Unterzeichnung des Vertrages fühlte ich mich wieder als Versager, was nicht ausschließlich darauf zurückzuführen war, dass ich fälschlicherweise mit meinem angeheirateten Namen unterschrieben hatte. In Italien behält die verheiratete Frau ihren Mädchennamen.

Ich verteilte das chinesische Glück und die Zufriedenheit, den Wohlstand und die Gesundheit. Mir schien das alles gerade abhanden gekommen zu sein, auch wenn Signore Malatesta meine Hand zum Abschied beidhändig umschloss und etwas entschuldigend nickte.

UN ALTRO APPUNTAMENTO
EINE WEITERE VERABREDUNG

Ich war mir nicht sicher, ob sich ein italienischer Mann von einer Frau zum Abendessen einladen lassen würde.

Matteo sagte *si* am Telefon und jetzt wartete ich schon eine viertel Stunde im *Ristorante* meines kleinen Hotels. Ein schwerer, kaffeebrauner Vorhang sollte im Eingangsbereich die Kaltluft draußen halten. Sobald die Tür geöffnet wurde, blähte er sich ein wenig auf. Ich nippte an meinem Prosecco (eine Aufmerksamkeit des Hauses), ohne den Blick von diesem Stück Stoff zu nehmen. Nach viermaligem Aufblähen ohne Erwartungserfüllung blätterte ich weiter in meinem dicken Wörterbuch und kontrollierte die Mappe mit unseren Entwürfen zum Haus.

„Hola que tal?"

Eine warme Bassstimme erlöste mich aus meiner Ersatzbetätigung. Matteo stand neben meinem Tisch. Der Winter hatte die Bräune des Sommers nicht ganz nehmen können. Lediglich ein paar Locken waren gefallen. Er lachte über meinen Arbeitsplatz auf der weißen Tischdecke, während ich enttäuscht feststellen musste, dass er gar keine Unterlagen dabei hatte. Die Pläne bekäme ich morgen in seinem Büro, gegen zehn Uhr sei er da. In Mondino auf der Piazza neben dem Frisör.

Wir aßen Pizza und ich zeigte ihm meine Zeichnungen zur gemauerten Landhausküche. Nachdem die Teller abgeräumt waren, breitete ich die Pläne meines Mannes aus und erklärte Matteo unsere Wünsche Punkt für Punkt. Er machte sich null Notizen, was mich etwas nervös werden ließ. Er habe alles im Kopf, dabei klopfte er sich auf die Locken.

„Fiducia cara!"

Fiducia heißt Vertrauen. Ein Begriff, der in Italien gerne inflationär benutzt wird, wie wir über die Jahre feststellen konnten.

Hier hätte man Schweinehälften über Wochen frisch halten können! Ich stand in Matteos Büro, trat von einem Fuß auf den anderen und hauchte mir Wärme in meine leblosen Hände, während er in mehreren Papierhaufen nach einem Beispiel für seine Kostenvoranschläge suchte.

„No puedo encontrar..."

Er könne momentan nichts finden. Das sagte er mir auf Spanisch. Mir kam das allerdings gar nicht spanisch vor. In dem kleinen ungeheizten Raum herrschte Chaos. Ich konnte keinen Flecken ausmachen, den man als Arbeitsplatz hätte nutzen können. Über dem substanziellen Zeichenbrett hing eine dunkelblaue Steppjacke. Die Garderobe.

Das sei jetzt kein Drama versicherte er mir, da die Realität sowieso bei der doppelten Summe läge, wenn nicht sogar noch darüber. Warum er sich nicht gleich an der Realität orientieren würde, konnte er mir nicht erklären. Aber er fand Worte für die nicht vorhandenen Pläne. Die wolle er überarbeiten und all die von mir genannten Wünsche einfließen lassen. *Domani.*

Morgen könnte ich sie dann in den Händen halten.

Wir verließen sein Büro. Er wollte mich auf einen Kaffee in die Bar am Platz einladen.

„No hai hecho ninguna copia! Tienes tambièn mia cocina in la cabeza?"

Meine Idee fand er gar nicht so schlecht, ein paar Kopien zu machen. Jedes Detail im Kopf abzuspeichern, schien mir unrealistisch. Er nahm meine Mappe und verschwand wieder in der Kältekammer. Ich blieb draußen wegen der gefühlten fünf bis sieben Grad mehr, die allerdings nicht in der Lage waren, mich aus meiner Schockstarre zu befreien.

Beim Frisör waren die Fenster beschlagen. Einer verschwommenen Kundin wurden die Haare geföhnt. Warmluft auf ihr Haupt! Ich sollte zum Auftauen hineingehen. Ich könnte nach einem Termin fragen, eine Visitenkarte erbitten, sprachlos im Langenscheidt blättern...

Aber da war Matteo, der mir meine Mappe zurückgab und den Vorschlag machte, ins Elektrogeschäft seines Vaters zu gehen wegen all der *elettrodomestici* für meine Küche. Das sei quasi um die Ecke.

Ich sollte jetzt Kühlschrank, Herd und Spülmaschine aussuchen! Es gab noch keine Pläne, keine Baugenehmigung, kein Startkonzept. Ein paar gesandstrahlte Balken weckten in mir noch keine Aufbruchstimmung. Hier wurde ein Pferd von hinten aufgezäumt!

Aber ich ging mit, damit überhaupt etwas in Bewegung kam, außerdem hatte ich Hoffnung auf Wärme. Diese Hoffnung starb schon, bevor wir den Laden betraten. In Wintermantel und Schal konnte ich den

Vater hinter einer mit unzähligen Aufklebern versehenen Glastür ausmachen.

Das Warenangebot beschränkte sich auf Kleinstgeräte zum Mitnehmen (Toaster, Bügeleisen, Wasserkocher, Stabmixer), einem Sortiment Glühbirnen, Batterien für unterschiedliche Zwecke und ein paar Taschenlampen. Für die Großgeräte blätterten wir in Katalogen und verglichen die Maße mit denen in meiner Zeichnung. Der Vater bemühte sich hinreißend, bis hin zu einem Telefonat mit der Boschzentrale in Italien, ob es das Modell KDE 33 auch mit Rechtsanschlag gäbe.

Punkt zwölf wurde das Verkaufsgespräch abgebrochen und Vater und Sohn machten sich auf den Weg zum Mittagessen. Das nenne ich konsequent!

Ich stieg mit leerem Magen in meinen kleinen Mietwagen, drehte den Knopf für die Heizung bis ans Ende des roten Bereichs und fuhr von jeglichem Ziel befreit, weil das gerade Nebensache war, in die marchigianische Landschaft hinein. Wärme ist für mich etwas Essenzielles. Wärme bedeutet Leben, und das kehrte bei mir erst langsam wieder zurück. Ein Leben ohne Kühlschrank mit Rechtsanschlag. Dem Vertragsabschluss kam ein Mittagessen in die Quere. *Per fortuna!*

IL LINGUAGGIO
DIE SPRACHE

Während meiner Schulkarriere gehörten neben Mathe, Physik, Chemie und Geschichte Fremdsprachen zu meinen Schwachstellen. Ich gebe zu, dass jenseits der angegebenen Fächer zu wenig verbleibt, um noch von einer Karriere sprechen zu können. Das war wohl auch der Grund, warum ich die Schule mit einem angeschlagenen Selbstbewusstsein verließ, das, zumindest in Sachen Sprachtalent, immer noch vorhanden war, als wir in den achtziger Jahren mit Kind und Kegel nach Madrid zogen. Ein großzügig angelegter Wollvorrat sollte mich strickend über die kommunikationsarmen Runden bringen, aber ich lernte dann doch schneller Spanisch, als ich Maschen aufnehmen konnte. Der Spaß kam dabei nicht zu kurz. Ich hatte Freude am Lernen und empfand es als ungeheuer bereichernd, in einem fremden Land kommunizieren zu können. Was hatten meine Lehrer falsch gemacht?

In Taiwan hätte ich allerdings die Wolle wieder auspacken können, wenn da nicht die Alternative der englischen Sprache gewesen wäre. Aber nicht alle Taiwanesen sprachen Englisch und so spürte ich, was es heißt, in einem Sprachvakuum zu leben. Das sollte mir in Italien nicht passieren.

Kaum war ich von meiner Europareise zurück, kümmerte ich mich um meine Vorsätze.

Sie hieß Angela (gesprochen *Anschela*) und war mit einem Deutschen verheiratet. Eine Italienerin mit Kleinkind aber ohne Arbeitserlaubnis und somit viel

Zeit. Sie konnte nicht behaupten, dass sie auf diese Art und Weise mal raus gekommen wäre, da der Unterricht in ihrem Wohnzimmer stattfand, aber auf jeden Fall war es eine Abwechslung, für die sie auch noch bezahlt wurde. Und ich muss sagen, dass sie ihr Geld wert war, denn sie verfasste unter anderem auch den ersten Drohbrief an Matteo.

„Wie stellst du dir vor die Unterrischte?"

„Och, wir sitzen auf dem Sofa und unterhalten uns."

„Du kannst schon ein bischen Italienisch spreken?"

„Nein, aber Spanisch. Spanisch kann ich ganz gut und da gibt es doch viele Gemeinsamkeiten."

„Di quali somiglianze parli?"

„Bitte…?"

„Von welchen Gemeinsamkeiten du sprikst?"

„Oh, da waren jetzt so gut wie keine…"

Beim nächsten Treffen gab es einen Packen Kopien und jede Menge Hausaufgaben. Personenbeschreibungen ohne mit Adjektiven oder Adverbien zu sparen zu bekannten Gesichter aus der Glitzerwelt und vom Sport.

È Angelina Jolie. È una donna bella e intelligente. Con i capelli maroni e lunghi…

So lernte ich mit Hilfe von Angelina Jolie die Worte schön und intelligent, Haare, braun und lang. Viele andere Persönlichkeiten gesellten sich dazu und bemühten sich um den Ausbau meines Wortschatzes

Einmal wöchentlich machte ich mich auf den Weg, quer durch die Stadt mit der Musik von Mecano. Ein spanisches Pop-Terzett, das unkündbar mein Kassettenteil im Auto belegen durfte.

> Luna quieres ser madre
> Y no encuentras querer
> Que te haga mujer
> Dime luna de plata
> Que pretendes hacer
> Con un niño de piel
> A-ha-ha, a-ha-ha
> Hijo de la luna

LUNA, CON, UN, DE und A-HA-HA konnte ich in meinen italienischen Vokabelbestand übernehmen, ansonsten alles rein spanisch!

So lauschte ich in den Folgemonaten ausschließlich asiatischem Liedgut auf dem Weg zu meinen Italienischstunden, denn dabei bahnte sich nicht die geringste Gefahr von Verwechslung, *confusione*, an. Aber auch ohne Mecano hatte ich zu kämpfen.

„arbol…"

„Nein, albero…"

„viento…"

„Nein, vento…"

„flor…"

Nein, fiore…"

Baum, Wind, Blume. Ich musste mein spanisches Wortguthaben auflösen, damit sich ein italienisches festsetzen konnte. Ich trug eine Sprache zu Grabe und war tatsächlich von Trauer umgeben. *Essere in lutto per qualcosa.*

LICENZIAMENTO SENZA PREAVVISO
FRISTLOSE KÜNDIGUNG

Ein gut geführtes Kündigungsgespräch sollte in fünf Phasen ablaufen. Das entnahm ich in Ermangelung anderer Lektüre einem Managermagazin meines Mannes, als ich auf der Toilette saß.

1. Gesprächseröffnung
2. Aussprechen der Kündigung
3. Ausführliche Begründung
4. Das weitere Vorgehen
5. Gesprächsabschluss

Punkt zwei wäre ausreichend, mir war nicht mehr nach Vorspiel und Nachspiel, denn Matteos Reaktion auf Angelas italienisch verfasste Zeilen, in denen wir Druck machten, belief sich auf das Zuschicken der Fotokopie unsere eigenen Pläne. All unsere weiteren Versuche der Kontaktaufnahme liefen wochenlang ins Leere. Ich wählte schon ganz automatisch täglich mehrmals seine Nummer. Einmal vergaß er dann wohl wegzudrücken.

„Oh Maria…mi dispiace molto, ma avevo un incidente con la moto! Tutti gli informazioni che c'erano nella mia testa sono spariti!"

Ein Motorradunfall. Matteo hatte einen Motorradunfall und jetzt war sein Kopf leer! All unsere Informationen, die er dort abgespeichert hatte, gingen dabei verloren! Wir hatten nicht vor, sein Köpfchen noch einmal aufzufüllen. Wir beschlossen ihn rauszuschmeißen und uns nach einem neuen Geometer umzuschauen.

Im Mai flogen mein Mann und ich nach Italien. Das war zu dem Zeitpunkt, als die SARS Epidemie in Asien ihren Höhepunkt erreicht hatte. Die Mitarbeiter meines Mannes wähnten ihn auf der Flucht, aber er versprach Rückkehr.

Unsere zukünftige Heimat erstrahlte im saftigen Frühjahrsoutfit. Wir waren begeistert! Grün und Blau trafen aufeinander, dass die Augen schmerzten. Die wärmende Sonne und die klare Luft waren ein Genuss. Das angemietete Ferienhäuschen in absoluter Alleinlage versank in einer explodierenden Vegetation. Ein aus Sardinien eingewandertes Schäferehepaar verwaltete das kleine Anwesen (wir nannten es Schäferhäuschen) und brachte uns von ihren Ausflügen in die Wiesen immer wieder wilden Spargel mit.

„Ha piovuto tantissimo!"

Das seien die ersten Sonnentage nach einer langen Schlechtwetterphase. Das wollte ich gar nicht glauben, bisweilen hielt ich mich in diesem Land nur bei blauem Himmel auf. Ich ging weiterhin von einem Schönwetterdauerzustand mit gelegentlichen Niederschlägen aus.

Martino freute sich riesig, als wir uns bei ihm meldeten. Er bestand auf *cena stasera da me,* wir sollten bei ihm zum Abendessen erscheinen. Der Tonfall ließ eine Widerrede nicht zu. Wir fuhren nach Karte (wobei ich mir jedes Mal anhören muss, dass Frauen nicht in der Lage seien, welche zu lesen) und nach zwei Hügelketten und schierer Verzweiflung auf etlichen Staubstrassen standen wir auf seinem Hof, wurden von Piccolo angekläfft und von Martino spürbar gedrückt.

An seiner Wohnqualität konnte ich keine Veränderung ausmachen, aber die satte Natur drum herum hatte durchaus einen aufwertenden Effekt. Martino warf Fleisch auf einen Rost der über der Glut im Kamin stand, füllte Wein in Plastikbecher und brach ungesalzenes Brot. Unsere Konversation holperte weiterhin, aber es gab immer wieder Strecken mit ganzen Sätzen, die durchaus verstanden wurden und unsere Situation erklärten.

„Prendete il mio geometra. Tassilo è molto bravo!"

Ohne uns zu fragen, wählte er die Nummer seines Geometers und erläuterte ihm in dramatischem Tonfall die Umstände.

„Sono amici?"

„Si, sono amici!"

„Va bene, domani mattina alle dieci in ufficio mio."

So saßen wir als Martinos Freunde am Folgetag gegen zehn Uhr in Borgolino auf den gepolsterten Stühlen vor Tassilo Bertinis Schreibtisch.

Ich hatte mir einen italienischen Architekten ganz anders vorgestellt. Wer Hand an unser Landhaus legen wollte, sollte von kosmopolitischer Aura umweht sein. Offen, modern, kreativ, revolutionär und das Ganze in Hochglanzmagazinoptik! Er musste ausdunsten, dass er der richtige war und für Landhausästhetik ein Auge hatte.

Tassilo Bertini aber steckte in einer beigen Strickjacke mit V-Ausschnitt und braunen Flicken auf den ausgebeulten Ellbogen. Zuerst wähnte ich sie schief geknöpft, aber es war sein Bauchansatz, der zu Verwerfungen des wolligen Kleidungsstücks führte. Die dunklen buschigen Augenbrauen waren an den Spitzen dezent ergraut, genau wie der Haaransatz seiner Schläfen. Die Einrichtung gediegen. Viel dunkles Holz, und die soliden Regale im Hintergrund mit Sicherheit handgefertigte Maßarbeit. Zwei pflegeleichte Pflanzen belagerten die Fensterbank.

Seine Hände zupften am Gummiband, das einen Stapel Akten zusammenhielt, darauf fiel auch meist sein Blick, den er nie lange auf uns ruhen ließ.

Ein Schulfreund, der einige Jahre in der Schweiz gearbeitet hatte, stand seitlich am Schreibtisch und sollte die Gesprächsrunde dolmetschen. Er hieß Nando, und dass er im Heidiland seinen Fremdsprachenwortschatz gehoben hatte, war nicht zu überhören. Aber das war kein Hindernis, odr...beide Seiten konnten Informationen und Fragen weitergeben und bekamen auch welche zurück.

Wie wir uns den Ablauf aus der Ferne vorstellen würden? Ob wir in der Lage seien, einzufliegen, wenn es notwendig wäre? Wann wir überhaupt gedächten, uns in Italien niederzulassen? Und er müsse in der Zeit, in der wir nicht vor Ort wären, einen Generalunternehmer einsetzen. Er könne nicht hinter jedem Handwerker herlaufen.

Ich entnahm den Fragen und Forderungen Bereitschaft, auch wenn sie mehr gebrummt denn sauber artikuliert wurden, begleitet vom Knallen des Gummibandes.

„Prima della conferma voglio vedere la casa." Er schaute über seine Brille hinweg in unsere Richtung.

Er wollte unser Haus sehen, bevor er den Auftrag übernehmen würde. Meine Sorge verlagerte sich von der Strickjacke auf eine in Frage stehende Zusage. Wir brauchten einen Geometer. Und hatte Konservatismus nicht auch mit Zuverlässigkeit zu tun? Ein zuverlässiger Geometer, dem **wir** sagen würden, wo es lang geht!

„Adesso andiamo al bar dietro l'angolo e prendiamo un aperitivo!"

Das Gummiband knallte, Tassilo lächelte zum ersten Mal und eine gewisse Attraktivität wurde freigelegt. Wir folgten ihm in die Bar. Auf dem Weg durch das kleine Treppenhaus nach unten fielen mir die beiden in die Wand eingelassenen Vitrinen auf. Dort lagen museumsgleich alte Maurerwerkzeuge auf gläsernen Konsolen. Zusammengetragene Leidenschaft. Die Strickjacke spielte jetzt keine große Rolle mehr.

Tassilo war wie ausgewechselt. Es fiel uns plötzlich gar nicht schwer, dem freundlich dreinblickenden Gesicht Sympathie entgegenzubringen. Er bestellte Prosecco und es war offenkundig, dass er hier ein Stück zu Hause war. Nando befand sich nicht mehr in der Runde, wir mussten die Konversation mit eigenen Mitteln bestreiten und stellten fest, dass Tassilo ein Talent hatte, sich auf unser Niveau zu begeben, es aber auch anheben konnte, was für uns einem gelebten Sprachunterricht gleichkam. Nach dem zweiten Glas legten beide Seiten keinen Wert mehr auf

Grammatik, trennten uns aber gut informiert und mit drei Schälchen Erdnüsse im Magen. Küsschen links und rechts inklusive.

Unsere Ausbeute konnte sich sehen lassen. Der mögliche Geometer ist fünfzig Jahre alt, sein Vater war Maurer, er ist verheiratet und hat zwei Kinder. Er war noch nie im Ausland, ihm reiche es, wenn er Freunde habe, die schon mal im Ausland waren. Er liebt die italienische Küche, reagiere aber allergisch auf Käse und Eier.

Eier und wilder Spargel lagen vor unserer Tür am Schäferhäuschen. Ich machte uns eine *Frittata* und danach hielten wir ein Schläferstündchen unter freiem Himmel bei frühlingsmilden Temperaturen.

Zum Telefonieren mussten wir zur Straße hochlaufen, absolute Alleinlagen halten sich auch gerne das Netz aus der Idylle.

Ich informierte Matteo, dass er morgen gegen elf Uhr am Kloster in Mondino sein sollte. Ich stellte mir ein Gespräch im kargen Klosterhof bei einem Cappuccino vor, oder besser bei einem Glas Wasser, quasi eine Abstrafung in gefängnisartigem Ambiente.

Matteo war pünktlich, aber ganz ohne Verbandszeug in den dunklen Locken, was ich ihm, auch wenn der „Unfall" schon Wochen zurücklag, an inszenierter Theatralik zugetraut hätte.

Mein Mann und ich saßen schon auf den Stühlen die im Schatten standen. Matteo musste in der Sonne schmoren.

„Non vogliamo andare avanti con te. Tu sei fuori del progetto!"

Ohne Gesprächseröffnung (das wäre Punkt eins gewesen) erklärte mein Mann ihm, dass er entlassen sei. Draußen aus dem Projekt. Eine Begründung (das wäre Punkt drei gewesen) musste nicht ausgesprochen werden. Matteo saß wie ein Büßer mit gesenktem Kopf in der Sonne. Er wusste genau warum. Ob mit oder ohne Motorradunfall. Der hatte womöglich gar nicht stattgefunden, zumindest war Herr Trautmann völlig überrascht, als wir ihn Tage zuvor zufällig in der Pizzeria da Peppino trafen und darauf ansprachen. Zu Punkt vier wollte er dann etwas sagen. *Das weitere Vorgehen*. Er bekäme dreitausend Euro für die Sandstrahlarbeiten. Des Friedens Willen haben wir ihm die zugesagt. Wir würden in den kommenden Monaten noch so einiges kampflos schlucken, das wussten wir zu dem Zeitpunkt noch nicht. Das war dann auch quasi ein Gesprächsabschluss, also Punkt fünf. Ich hätte ihn gerne noch ein paar Stunden im Hof eingesperrt, aber Matteo war schneller verschwunden, als ich diesen Gedanken zu Ende denken konnte.

Am Abend vor unserem Rückflug aßen wir mit Tassilo und Martino Fisch am Meer. Tassilo hatte uns eingeladen. Alle Versuche meines Mannes, an diesem Abend der Gastgeber zu sein, misslangen. Antipasti, Primo, Secondo und Dolce. Wir durften nicht widersprechen. Anfängliche Gegenwehr wurde im ungehemmten Weinkonsum ertränkt.

Bevor wir zum Flughafen fuhren, verabschiedeten wir uns von unserem Haus, das weiterhin unangetastet aber in runderneuerter Vegetation stand. Wir sprachen ihm Mut zu. Uns auch.

FIDUCIA

VERTRAUEN

Avere fiducia,... gehörte mit zu den ersten Vokabeln, die unseren Wortschatz bereicherten. Vertrauen haben.

Gefühlt wird das von den Italienern permanent eingefordert, und manchmal klingt es fast wie eine Drohung.

Zu Tassilo wuchs unser Vertrauen allerdings mit jedem Fortschritt. Es dauerte gar nicht lange und wir hatten eine Baugenehmigung.

Der Generalunternehmer Salvatore hätte nun loslegen können, aber auch der war erst einmal auf der Suche nach Vertrauen, das er uns gegenüber spüren wollte. Er wollte vor dem ersten Spatenstich noch einmal persönlichen Kontakt aufnehmen. Außerdem wollte Tassilo stellenweise die Fundamente freilegen lassen, um zu kontrollieren, in welchem Ausmaß nachgebessert werden musste. Dabei sollten entweder mein Mann oder ich dabei sein, oder alle beide. Wegen der *fiducia* eben, dass man ihm nichts nachsagen konnte. Ihm war aber auch klar, dass mein Mann noch einen Beruf hatte, und nach der Reise im Mai nicht Anfang Juli schon wieder in den Flieger steigen konnte. Das tat ich dann.

Vom Flughafen nahm ich mit dem Fiat Punto gleich die Autobahn wegen des unverbauten Blickes auf die türkisblaue Adria. Ich mietete mich in der familienbetriebenen Villa Fiore in der kleinen Stadt am Meer ein. Strandnah. Lediglich die *Nazionale* und die

Eisenbahnlinie trennten mich vom Wasser. Ich wollte die langen Sommerabende nicht alleine im Hinterland verbringen. Ich wollte italienische Strandkultur leben. Nicht gleich am ersten Abend. Ich war müde vom Flug.

Wenn ich die Klimaanlage nutzen wolle, müsse sie freigeschaltet werden. *Da pagare.* Hätte ich also extra zahlen müssen. Signora „Fiores" Geschäftssinn war schon optisch nicht zu übersehen. Ihr blassrosa Kleid schien seit den Fünfzigern zusammen mit dem kleinen Hotel zu Saisonbeginn ausgeschüttelt zu werden. Basta! (Ich bin dankbar für jedes eingedeutschte italienische Wort…)

Dass ich ohne zurechtkäme, konnte sie gar nicht fassen. Sie wusste ja auch nicht, aus welchen klimatischen Verhältnissen kommend ich bei ihr eingezogen war. In Sachen Schlaftemperatur war ich abgehärtet. Nur hinsichtlich der Lärmbelästigung war ich entwöhnt. Die Nazionale ist die Alternative zur parallel verlaufenden Autobahn und fädelt alle an ihr liegenden Ortschaften perlenkettengleich auf. Die Nähe zu einer Kreuzung mit Ampelanlage und eine „günstig" positionierte Tankstelle hielten den Geräuschpegel anhaltender und startender Fahrzeuge bis tief in die Nacht hinein aktiv. Eine nachlassende Frequenz wurde vom durchrauschenden Zugverkehr auf schlafraubendem Niveau gehalten. Den Rest der Nacht übernahm mein Jetlag. Ich dämmerte offenen Auges und völlig gerädert in einem zweckmäßigen Hotelzimmer einem bröseligen Zwiebackfrühstück entgegen. Dass ich mir dann den linken hinteren Kotflügel beim Ausparken an einem Treppenabsatz so gut wie abgerissen hatte, konnte mich nicht mehr erschüttern.

Ich fuhr nicht ohne zu Klappern zur „Letzten Hütte". Gegen Zehn wollte Tassilo mit einer Geologin und Salvatore vor Ort sein. Ich versuchte in der Zeit meine Gefühle zu ordnen, stand ich doch wieder einmal nach langer Reise vor einem kaputten Haus, an dem sich nichts getan hatte. Wie immer, war nur beim Unkraut ein Wandel auszumachen. Da blühte einiges in Gelb, Weiß und Fliederfarben. Was nicht blühte, welkte.

Ein Lastwagen fuhr aufs Gelände mit einem ordentlichen Schaufelbagger auf der Ladefläche. Mit braungebranntem bloßem Oberkörper kam der Fahrer auf mich zu, ohne beim Reden eine Pause einzulegen.

„Non capisco!"

Eine unverzichtbare Kurzaussage, die man sich sofort aneignen sollte, wenn man einer Fremdsprache noch nicht so ganz gewachsen ist.

„Ah, Lei è la tedesca dall'Asia! Buongiorno, sono Raffaele d'Italia." Er lachte und kümmerte sich um eine schiefe Ebene an der Ladefläche, damit er den Bagger auf Land setzen konnte.

Offensichtlich hatte man ihn über die Deutsche aus Asien informiert.

Während ich die Stelle kontrollierte, an der mein Mann und ich einst die Kastanien vergruben, lief der Rest ein. Meiner Enttäuschung wegen null Wachstum wurde mit einer herzlichen Begrüßung entgegengewirkt. Auch Martino war mitgekommen. Salvatore und die Geologin kannte ich noch nicht. Salvatore trug eine blau verspiegelte Pilotenbrille und modische Kleidung. Für die junge Geologin schien Zeit Geld. Sie unterbrach das ganze Hallo und winkte den Bagger heran. Der grub an mehreren Stellen um das Haus herum ziemlich tiefe Löcher, was in Zahlen festgehalten wurde, die mit Hilfe eines Zollstocks ermittelt wurden, welcher von Martino nicht ohne Stolz in die Tiefe gelassen wurde. Ich hielt alles (weiterhin auf einem 36er Kodak Farb-Negativfilm) fotografisch fest.

Später saß ich mit Martino und Tassilo im Ristorante Ruspantino inmitten unverbauter Landschaft. Die Mittagssonne stand hoch über den Hügeln und ließ die Luft über dem Gelb der Sonnenblumenfelder und den Stoppeln des abgeernteten Getreides flimmern. In der Ferne erhob sich trotzig Borgolino aus den diffusen Sommerfarben. Wir stießen mit einem Glas Prosecco an. Zur Feier des Tages. Und ich fragte mich, auch in Bezug unserer Leberwerte, ob jeder Handgriff am Objekt begossen werden würde.

Tassilo und Martino lachten über meinen kaputten Kotflügel...*le donne, le donne...* und gerne hätte ich ihnen etwas zu ihrer Einstellung Frauen gegenüber geantwortet, aber das fiel mir noch schwer, auch wegen der guten Stimmung, in der ich mich befand. So stellte ich mir die Zukunft vor!

Gegen Vier Uhr hatten wir einen Termin bei Salvatore. Wir konnten uns direkt vom Mittagstisch aus auf den Weg machen, so lange hatten wir getafelt. Außerdem hatte ich gelernt, dass *ruspante* Freilandhuhn bedeutet. Das würde sich mit Sicherheit nicht lange in meinem angelegten Wortschatz aufhalten!

Salvatores Bauhof machte einen aufgeräumten Eindruck. In einem weißen Kubus, der weiter hinten auf dem Gelände stand, befand sich sein Büro. Auch innen war alles weiß und lichtdurchflutet, was die Fotogalerie im Treppenhaus regelrecht zum Leuchten brachte. Beeindruckende Balkenkonstruktionen, überdachte Terrassen, Natursteinmauern, Dachausbauten, Landhausansichten. Da ging kein Weg dran vorbei, das machte ordentlich Eindruck auf mich.

Salvatore kam hinter seinem großen wohl geordneten Schreibtisch hervor, und ohne verspiegelte Pilotenbrille konnte ich jetzt seine Augen sehen. Sie schauten freundlich drein, aber irgendwie zweckgebunden freundlich. Nicht wie Tassilos Augen. Die blickten herzlich und ehrlich. Tassilo wurde mir mit jedem Zusammentreffen immer sympathischer. Bei Salvatore hielt sich meine Sympathiebereitschaft in Grenzen. Ich begab mich in eine Art Hab-Acht-Stellung, nachdem ich all die Sportflugzeugmodelle, die Über-den-Wolken-Fotografien und die zur Schau gestellten Pokale wahrnahm, die sein Büro dominierten und seine Pilotenbrille erklärten.

Es gab schon eine Akte „Heidemann", in der sich ein Kostenvoranschlag befand, der auf Tassilos Bauauftrag basierte. Ohne die Arbeiten am Fundament. Ich bekam eine Kopie. Ein kurzer Blick auf das letzte Blatt ließ mich aus allen Wolken fallen. Dort befand sich eine Summe, die für den Piloten einen ordentlichen Gewinn für unzählige Höhenflüge versprach. Eine Unterschrift habe ich verweigert.

Meinen Mann rief ich später von einem Spielplatz außerhalb der Stadtmauer an. Ich saß auf einer

Schaukel. Schaukeln hatte mich als Kind schon immer beruhigt. *Dondolare* heißt das auf Italienisch. Alleine die Intonation lullt schon ein.

Mein Mann wurde durch diese Information allerdings mehr als munter.

„Das können wir vergessen! Da laufen doch die Kosten schon beim Rohbau aus dem Ruder!"

Aber er wollte sich alles in Ruhe anschauen, wenn ich zurück wäre. Ich verließ mich auf sein Talent in Sachen „Lösungswege finden" und fuhr zur Villa Fiore zurück, wo ich mir meinen Badeanzug anzog, um mich im Meer freizuschwimmen.

Zum Abendessen wollte ich mir in der kleinen Stadt am Meer etwas suchen, doch auf dem Weg nach draußen fing mich „La Singnora Fiore" mit der Frage, was ich zum Abendessen wolle, ab. Dass ich das Zimmer im Internet nur mit Frühstück gebucht hatte, passte ihr gar nicht und diesbezüglich blieb ich auch konsequent.

Ein Tischchen mit zwei Stühlen war noch frei. Vielleicht war es die gute Stimmung der Italiener, die auf dem kleinen Platz widerhallte, die mich hier hergeführt hatte. Ich bestellte ein Glas Rotwein, das mit etlichen Häppchen serviert wurde, und als ich ein zweites Glas bestellte, gab es noch einmal Häppchen, und ich brauchte kein Abendessen mehr. Das kam mir sehr gelegen, da ich mich trotz früher Stunde vor Müdigkeit kaum noch auf den Beinen halten konnte. Zu den Verkehrsgeräuschen in meinem Zimmer gesellte sich Tageslicht, aber irgendwann übermannte mich dann doch der Schlaf, der 4.13 Uhr von einem durchrasenden Nachtzug beendet wurde.

Das Wochenende musste ich mit Lucia, Eduardo, Isabella und Giovanni am Strand verbringen. Musste. Martinos Familie fragte gar nicht, ob ich möglicherweise etwas anderes vorhätte. Im Strandbad „La vela blue" hatten sie ein Sommer-Abo für vier Liegen und zwei Schirme. Lucia brachte mir ein Fahrrad ans Hotel vorbei. Der Strandabschnitt nannte sich *Levante*. Das hätte mit der östlichen Lage zu tun, und das sei die einzig richtige. *Ponente,* also das westliche Gegenstück, sei Touristenzone. Ich befand mich also unter Einheimischen. Man kannte sich. Es hatte etwas von Schrebergartenatmosphäre. Man unterhielt sich „über den Gartenzaun hinweg", spielte Karten, blätterte in der Tageszeitung, stand in Grüppchen mit verschränkten Armen kniehoch im Wasser oder setzte sich gnadenlos der Sonne aus, um an eine Tiefenbräune zu gelangen, die so mancher Afrikaner, der als „Handlungsreisender" durch den heißen Sand marschierte, vielleicht gerne loswerden würde.

Zum Mittagessen radelten wir alle zu Lucias Wohnung, wo Martino schon wartend auf dem Sofa saß. Die hausgemachte Salami gab es zum Prosecco, *Pastasciutta in bianco,* also Spaghetti mit Meeresfrüchten als Primo, zum Hauptgericht drei Sorten Fleisch und Röstkartoffeln und damit ich diese Völlerei auch wirklich nicht vergessen sollte, wurde zum Espresso mit Creme gefülltes Dessertgebäck gereicht.

Während der restlichen Tage hatte der Hunger keine Chance. Wenn es nicht Martino und seine Familie war, dann sprang Tassilo ein, um sich um mein leibliches Wohlergehen zu kümmern.

„Cosa vorresti portare in Taiwan?"

Die Frage, was ich aus Italien nach Taiwan mitnehmen wolle, stellte mir Tassilo am Tag vor meiner Abreise.

„Parmigiano!", sagte ich, weil Käse ein seltenes und teures Gut in Asien ist.

Gegen 11.30 stünde er an der kleinen Tankstelle bei Borgolino, an meinem Weg zum Flughafen.

Bevor ich einchecken konnte, musste ich umpacken. Zwei Kilo Parmesankäse galt es an den Einfuhrbestimmungen vorbei unauffällig zu verstauen.

LA SOLUZIONE
DIE LÖSUNG

Wenn es keine Lösung gibt, gibt es auch kein Problem.

Könnte ein Kalenderspruch gewesen sein, jedenfalls habe ich ihn nie vergessen.

Mein Mann und ich trugen Bauvokabular zusammen und übersetzten Seite für Seite Salvatores Kostenvoranschlag. Salvatore hatte sich offensichtlich mit der Erstellung weit weniger Arbeit gemacht, als wir mit dem Entschlüsseln. Für die Kalkulation schien ein Computerprogramm mit den Daten unseres Hauses gefüttert worden zu sein. So kam es unter anderem zur Einzäunung eines Tennisplatzes in der Größe unseres Grundstückes. Viele Zahlen konnten wir gar nicht nachvollziehen, und einige Positionen warfen wir einfach raus. Das *tetto ventilato* zum Beispiel. Wir versprachen uns nicht viel von einem belüfteten Dach, dessen Mehrkosten den Einbau diverser Klimaanlagen abdecken würde. Jedenfalls sah die Zahl auf der letzten Seite nach unserer Bereinigung schon freundlicher aus. Aber das reichte uns nicht, wir hielten Salvatores Preise generell für überzogen und so entschieden wir uns, Aufträge nur bauabschnittsweise zu vergeben, konnten also jederzeit abbrechen, beziehungsweise einfach nicht weiter mit ihm fortfahren, wenn wir dann endgültig vor Ort wären. Dann wollten wir uns selbst um kleine Handwerksbetriebe kümmern und der „General" müsste mit seinen Truppen abziehen. Tassilo war mit unseren Vorschlägen zur Vorgehensweise einverstanden. Und er versprach uns, sich darum zu kümmern, dass alle alten Materialien am Haus blieben. Endlich gab es grünes Licht, und im Januar erreichten uns die ersten Fotos via Mail von unserem Haus, dem man alle Anbauten abgerissen hatte. Es sah verwundet aus, aber der Kran im Hintergrund versprach Heilung.

Meine Italienischstunden wurden immer wichtiger. Ich führte einen regen elektronischen Schriftverkehr mit Tassilo, wobei Angela für die Verhinderung von Missverständnissen zuständig war.

Mein Mann fühlte sich für die Korrespondenz gar nicht zuständig. Er kümmerte sich um seinen schon eingetroffenen Nachfolger, der in sieben Monaten das Ruder übernehmen sollte.

Aber bevor wir Asien endgültig den Rücken kehrten, bereisten wir im Monat Februar Vietnam und Kambodscha. Ohne Laptop. Ich weiß gar nicht, ob es die überhaupt schon gab, was nichts heißt, denn ich fotografierte ja auch noch analog.

In den Hotels gewährte man uns problemlos Zutritt in die Büros, damit wir unsere E-Mails abrufen konnten. Tassilo schloss seine Schreiben immer mit der Bitte, lebend zurückzukommen.

Wir befanden uns gerade in Kambodscha und hatten drei Tage für das riesige Areal des archäologischen Parks Ankor geplant. Gleich bei der Ankunft in unserer Bleibe gab es ordentlich Post aus Borgolino. Viel Erklärung zu etwas, das eine Entscheidung erforderte. Unser Wörterbuch hatten wir nicht dabei. Dass es um die Deckenkonstruktion im Apartment SOLE ging, und dass ein neues Erdbebengesetz *modifica-*

zioni, also Abänderungen verlangte, hatten wir verstanden. Was uns unklar blieb, war das Wie und die dazugehörigen Mehrkosten. Zu drei Vorschlägen gab es auch über Nacht keine Lösung.

Den Tag verbrachten wir zwischen unvorstellbaren Kulturgütern unter sengender Sonne. Tempelanlage reihte sich an Tempelanlage. Wir hatten uns am Vormittag für PRE RUP entschieden. Ein dreistöckiger Tempel mit einer abschließenden Plattform, von der aus man einen atemberaubenden Ausblick haben sollte. Die Treppen waren steil und die Stufenhöhe außerhalb unserer abgespeicherten Norm. Wir mussten uns enorm konzentrieren, was nicht verhinderte, dass italienische Laute an mein Ohr dringen konnten. Ich sah nach oben und entdeckte auf der zweiten Ebene vier junger Männer in staubigen T-Shirts und kurzen Hosen, die sich mit kleinen Meißeln und Pinseln an einem Relief zu schaffen machten. Engagierte Italiener, die für eine der vielen Organisationen arbeiteten, um dieses Erbe der Menschheit vor dem Zerfall zu retten. Sie könnten auch unseren Untergang verhindern, also sprach ich sie an (das ging wunderbar auf Englisch), und fragte, ob sie morgen auch noch an diesem Tempel seien, und ob sie mir ein paar Zeilen unseres italienischen Geometers übersetzen könnten.

Das vierfache „SI" klang bis zur dritten Etage nach. Welch eine Aussicht!

L'ADDIO
DER ABSCHIED

Wenn Jan Ullrich sich über die Pyrenäen gequält hat, der neue Europameister im Fußball feststeht, das Olympische Feuer gezündet wurde, die letzten beiden Gläser Sauerkirschen aus dem Regal verschwunden sind, und das Haltbarkeitsdatum meines Backpulvervorrats abgelaufen ist, dann...

Das waren meine Maßeinheiten zum Aufbruch. Und irgendwann war es dann wirklich so weit. Ich durfte einen Umzug organisieren!

Diesmal wurde ich gefordert. Umfangreiches Fluggepäck für die ersten Monate, Teilumzug für die später fertig gestellte Ferienwohnung und schließlich der Hauptumzug. Teilumzug und Hauptumzug mussten in Deutschland eingelagert werden und auf Abruf warten. Drei Umzugsunternehmen machten Kostenvoranschläge. Der preiswerteste kam zum Zuge.

Am Abend bevor die Packer einfielen, kam eine nicht ganz kleine Giftschlange in unsere Küche. Wir mussten auf die Schlangenfänger warten und das Reptil in der Zwischenzeit vom Verkriechen abhalten. Danach wurden wir auf dem Sofa von einem Erdbeben durchgeschüttelt, und am nächsten Tag brachte ein Taifun Sturm und unvorstellbare Regenmassen für die nächsten drei Tage. Das verbot ein Beladen der Kleintransporter, die jede Fuhre zum Container bringen sollten. Ein Nasswerden musste verhindert werden, das würde während der Lagerung die Schimmelbildung begünstigen. Das wollten wir nicht.

Als hätten sich die drei Naturkatastrophen, mit denen in Taiwan immer zu rechnen war, noch einmal vereint bei uns verabschiedet! Dass es sich um ein schlechtes Omen handeln könnte, verdrängten wir, auch wenn der Container erst in letzter Minute auf das Schiff kam, um die Reise nach Rotterdam anzutreten.

Wir flogen unserem verpackten Hausstand hinterher (nicht ganz ohne tränenfeuchten Abschiedsschmerz, es ging etwas zu Ende…) und landeten am 26. August in Frankfurt. Hier hätte ich gerne meine ausgetrockneten Augen mit Tränen der Freude benetzt, aber das gab mein Flüssigkeitshaushalt nach dem Langstreckenflug nicht mehr her.

Nachdem uns Familie und Freunde in den nächsten Tagen ausgiebig willkommen hießen, packten wir unser zukünftiges Baustellenfahrzeug, einen gebrauchten Ford Maverick in Dunkelgrün, und verabschiedeten uns wieder. Nicht ohne zwei Kisten Sauerkirschen im Kofferraum. Unser Vorrat bis zur nächsten Deutschlandreise. Mein Stück Heimat in Gläsern.

L'ARRIVO
DIE ANKUNFT

Wir begrüßten Italien direkt hinter der Grenze, wo spätsommerliches Schmuddelwetter in einen leergefegten Himmel mit viel Sonne überging. Der österreichische Radiosender fing an zu schwächeln. Wir suchten nach Stabilität und lauschten der italienischen Sprache. Wie lange würde es dauern, bis wir verstehen, was wir empfangen?

In der kleinen Stadt am Meer deckten wir uns im Supermarkt gleich für die nächste Woche ein. Die Tüten standen im Fußraum und lagen auf meinem Schoß. Die kalte Milch auf meinen Oberschenkeln spendete Frische im völlig überfüllten Geländewagen, in dem ich mit angezogenen Knien saß und den Kopf seitwärts halten musste, weil sich der Stiel eines Spatens von der bis zur Decke gestapelten Rückbankladung nach vorne geschoben hatte.

„Halte durch", sagte mein Mann, „es sind nur noch ein paar Meter!"

Aber was waren diese paar Meter im Vergleich zu einer ganz anderen Strecke, die nun für die nächsten Monate oder gar Jahre vor uns lag!

Wir schlängelten uns die marode Hügelstraße zu unserem Haus nach oben. Unsere Neugierde hielt sich mit der Angst vor Enttäuschung die Waage.

„Schau, sie haben eine Deutschlandfahne aufs Dach gesetzt!"

Gold-Rot-Schwarz blähte sich in der Nachmittagsbrise auf.

„Sie hängt verkehrt herum", sagte mein Mann.

„Es ist die Geste, die zählt,...freu dich doch einfach!"

„Eine Flagge, die auf dem Kopf steht, signalisiert sie nicht einen Notfall?"

„Wir sind jetzt hier, damit Notfälle erst gar nicht stattfinden. Halleluja! Jetzt freu Dich doch !!"

„Tu ich ja!"

„Dann lach mal!"

Der Motor schwieg, wir schauten uns an, und dann lachten wir beide. Wir lachten Tränen.

Ich hätte meinen Mann jetzt gerne geküsst, aber ein Spaten und etliche Einkaufstüten ließen das nicht zu.

Was hatte sich hier nicht alles verändert! Neben einem Sandhaufen lief ein Betonmischer. Schaufeln ragten aus einer rostigen Wassertonne, Schubkarren standen herum, zur Seite geschobener Bauschutt begrub etliche unkrautüberwucherte Quadratmeter, Holzbalken lagen aufgeschichtet weiter hinten auf dem Grundstück, eine blecherne Bauhütte flimmerte im Gegenlicht, und ein Dixi-Klo befand sich in adäquater Entfernung.

Und das Haus! Das Haus stand eingerüstet wie ein Schleudertraumapatient im ungewohnten Ambiente. Es schaute uns aus hohlen Augen an. Fenster und Türen waren rausgerissen. Eine überdachte Terrasse warf auf der Südseite ungewohnten Schatten. Über die gesamte Hauslänge auf der Nordseite zog sich der neue Anbau.

„Jetzt sind wir ja da…", sprach ich mit innerer Stimme in tröstendem Tonfall und arbeitete mich an den Einkaufstüten vorbei aus dem Auto.

Der Kran, den wir schon vom Foto kannten, stand genau an der Stelle, wo wir die Kastanien in die Erde gebracht hatten. Er stand sozusagen wachstumshemmend und nutzbringend zugleich auf unserem Grundstück.

Dann mussten wir Hände schütteln. Raue und mit Mörtel bekleckerte Hände. Die Hände von Afrim, Buri und Edoardo. Zwei Albaner, ein Italiener. Salvatores Mannschaft vor Ort. Sie hießen uns herzlich willkommen, dann setzten sie sich wieder aufs Gerüst und arbeiteten an der Fassade. Wir gingen ins Haus, in dem lediglich die tragenden Wände noch ihre Rolle spielten, und eine neu gegossene Zementtreppe quasi das Rückgrat der letzten Hütte bildete. Alle Decken waren neu eingezogen. Zum Rest sagt man in der Fachsprache „ausgekernt".

„Wo sind denn die ganzen Mattoni vom Fußboden geblieben?" Ich lief durch das hallende Dachgeschoß und schaute aus den Fenstern in alle Richtungen, um Anhäufungen von Altmaterial auszumachen.

„Ich kann nichts sehen. Die sind weg!"

„Da wird sich schon eine Erklärung finden, jetzt fahren wir erst einmal zu den Rocchettis, damit wir in unsere Ferienwohnung kommen."

Das würde unsere Zwischenbleibe werden. Das Apartment SOLE war noch nicht bezugsfertig. Salvatore war im Rückstand.

An der Talstraße zwischen Cornado und Mondino fanden wir ohne Navigationssystem das Haus der

Eltern unseres Vermieters. Sie saßen auf einer Bank in der Abendsonne und schauten dem gelegentlichen Verkehr hinterher. Frau Rocchetti hatte trockenes Bohnengestrüpp auf dem Schoß in der bunten Kittelschürze liegen und zupfte die vergessenen Schoten von den Stängeln. Sie sahen beide so aus, als hätten sie ihr Leben lang gearbeitet und würden erst damit aufhören, wenn sich das Leben von ihnen verabschiedet. Wir begrüßten sie.

Frau Rocchetti lächelte noch mehr Falten in ihr Gesicht, legte das Bohnenstroh auf die Seite, stand auf, wischte sich beide Hände an der Schürze ab und gab uns eine davon. Herr Rocchetti war in allem etwas langsamer, auch was das Vertrauen Fremden gegenüber betraf.

Unsere Ferienwohnung lag fünf Minuten mit dem Auto entfernt. Die beiden Alten fuhren mit ihrem roten Fiat, dessen Lack wohl schon lange den Glanz verloren hatte, vor uns her.

Ein ehemals verfallenes Landhaus aus Familienbesitz, das sich der einzige Sohn restauriert hatte, mit einem Apartment zum Vermieten unterm Dach. Die Mansarde wurde unser Reich. Der Sohn sei selten da, er arbeite in Milano bei Dolce & Gabanna, *un lavoro con responsibilitá,* ein verantwortungsvoller Posten. Sie erklärte die Technik und gab uns die Schlüssel. Ihr Mann stand draußen und wässerte junge Rosmarinpflanzen.

Als die beiden weg waren, schleppten wir den gesamten Wageninhalt drei wunderschöne Stockwerke eines restaurierten Treppenhauses nach oben und zogen ein. Es war gar nicht einfach gewesen, eine relativ nahe gelegene Zwischenunterkunft mit Heizung und Waschmaschine zu finden. Die Marken waren noch schwach bestückt. Ein Geheimtipp eben.

Mein Mann trug den Rotwein und die Gläser, ich die *Stuzzichini*, also die Häppchen und meine Zigaretten. Wir saßen im Garten und konnten unser Glück kaum fassen. Ich versuchte Rauchkringel in die Luft zu blasen. Das funktionierte nicht. War aber auch völlig unwichtig.

CAMPO NUOVO
NEULAND

Die Fluggesellschaft meldete sich, dass sie am Nachmittag das Zusatzgepäck ausliefern würde. Das waren unser Werkzeug, Bettwäsche und Handtücher, Arbeitskleidung und Warmes für den Winter. Aber noch schien die Sonne, wobei ein Hauch von Herbst in den Morgen- und Abendstunden nicht mehr an den Hochsommer glauben ließ.

Am Vormittag besorgten wir Spachtel, Stahlbürsten, Arbeitshandschuhe, Eimer, Handfeger und Besen und eine Leiter für unseren Ersteinsatz.

Den Abend verbrachten wir bei Martino und nicht bei Tassilo, denn dessen Anruf kam eine halbe Stunde zu spät.

Und dann war es endlich soweit. Unsere erste Aktivität im Apartment SOLE, das wir möglichst schnell beziehen wollten, war das Säubern der Deckenbalken mit Spachtel und Stahlbürste. Altlasten und verkleckerten Zementputz kratzten wir vom betagten Holz und notierten nach den ersten Fremdkörpern im Auge Schutzbrillen auf unseren Einkaufszettel. Die Decke startete mit ihrem Gefälle bei Dreimetersechzig, die wir mit unserer Leiter nicht erreichen konnten. Es war die Neugierde, die uns Afrim, Buri und Eduardo in die sich im Rohbau befindliche Wohnküche trieb. Für unseren Einsatz auf dem Bau hatten sie gar kein Verständnis (schon gar nicht für mich als Frau), es lag ihnen aber offensichtlich doch am Herzen, uns unsere selbst gewählte Situation etwas zu erleichtern. Für die Bauböcke und die Bretter, die sie uns brachten, waren wir außerordentlich dankbar, und ich nahm mir vor, ihnen einen Kuchen zu backen.

Diese Idee stellte ich am Abend erst einmal zurück. Ich kann gar nicht im Einzelnen beschreiben, was mir alles schmerzte. Aber es war soviel, dass ich Schwierigkeiten hatte, in aufrechter Haltung an Herrn Rocchettis Küchenzeile in Sichtmauerwerk ein sättigendes Abendessen zuzubereiten.

Meinem Mann erging es da nicht anders. Das Ergebnis ungewohnter Bewegungen über den ganzen Tag hinweg. Die Euphorie hatte eine Ermüdung gar nicht spürbar werden lassen, nur wussten wir an diesem Abend nicht, was wir morgen mit unseren kaputten Körpern anstellen sollten.

Wider Erwarten fühlten die sich nach tief durchschlafener Nacht wieder heile an. Wir frühstückten wie Bauarbeiter und ich schmierte Butterbrote für die Mittagspause, die wir vom ersten Tag an auf dem sonnenwarmen Balkenstapel abhielten, mit Blick auf die im Dunst liegende Bergwelt und einem Nickerchen, das in der Regel von den rückkehrenden „Kollegen" und dem ratternden Geräusch des Betonmischers abgebrochen wurde.

Von Raum zu Raum ziehend verpassten wir Balken für Balken einen neuen Glanz. *Ci vuole,* bemerkte Tassilo, der gerne bei uns vorbeischaute, man brauche Zeit, wenn man es gut machen wolle. Da hatte er Recht. Und auch unsere Körper nahmen sich Zeit, bis sie sich an die neue Beanspruchung gewöhnt hatten.

Woran ich mich nicht gewöhnen konnte, war die Toilettenlösung. Ein Blick ins Dixi-Klo des Bautrupps reichte, um über Alternativen nachzudenken. Da gab es nicht viele. Wir zweigten einen Eimer ab. Einen festen Platz dafür konnten wir nicht ausmachen, da wir nie wussten, wo sich Afrim, Buri oder Edoardo aufhielten. Der Betonmischer befand sich auf der Nordseite, von wo es Einblick in jeden Raum durch die nackten Fensteröffnungen gab. Der Betonmischer war ein stark frequentierter Ort. Wir wussten aber auch nie, an welchen Hausseiten sich die drei auf dem Gerüst verteilt hatten, wenn wir uns einfach nur im Unkraut wegducken wollten. Die Umstände erfuhren eine Steigerung mit dem pflügenden Bauer des angrenzenden Feldes. Pflügte er den Hügel abwärts und geriet irgendwann außer Sichtweite, turnte mit Sicherheit einer der Maurer auf dem Dach und bastelte am Schornstein. War der Maurer weg, krauchte der altersschwache Traktor gut hörbar wieder hügelaufwärts. Manchmal lassen sich die Gründe für Verstopfung benennen. Der Bauer pflügte drei Tage.

Nach dem letzten gereinigten Balken zogen wir mit Gerüst und Werkzeug wieder nach vorne zur Wohnküche. Der Säuberung folgte das Lasieren.

Wir spielten uns ein. Wenn wir *zweier* oder *dreier* sagten, wussten wir, auf welche Stufe wir die Bretter in die Böcke schieben mussten. Gezielte Handgriffe. Beginnende Routine. Die Arbeit machte Spaß, trotzdem gönnten wir uns Wochenenden. Sonntags backte ich einen Kuchen, den ich montags unserem Trio überreichte. Das freute sie.

Die gute Stimmung nutzte ich, und fragte an einem dieser Montage nach dem Verbleib der alten Baumaterialien, wobei es mir insbesondere um die originalen Bodenbeläge ging. Fenster, Türen und Fensterläden habe man verbrannt. Unser Blick folgte Afrims ausgestreckter Hand an die Nordgrenze des Grundstücks. Mein Mann zog Eisenbeschläge und Scharniere aus einem Aschehaufen, und ich tobte zu den verkohlten Resten. Zur Frage nach den Cotto-Bodenbelägen gab es nur Schulterzucken. Tassilo, der den Auftrag hatte, dafür zu sorgen, dass das Altmaterial auf dem Grundstück bliebe, wollten wir darauf nicht ansprechen. Er könnte sein Gesicht verlieren, (in dieser Hinsicht wurden wir ausreichend in Asien sensibilisiert!) wir aber brauchten einen unverletzten Geometer, einer, der nicht ohne Stolz uns die (zumindest baulichen) Wege in der Fremde ebnete. So hatte der Satz, den man uns in Asien immer wieder eingehämmert hatte, auch in Italien Gültigkeit.

Wenn Du in ein fremdes Land kommst, so öffne Augen und Ohren und schließe den Mund. Deswegen hatten wir uns auch nicht widersetzt, als er sich mit uns gemeinsam um die Wandfarbe und Pinsel kümmern wollte. SOLE sollte einen gelben Anstrich bekommen. Wie kleine Kinder nahm er uns an die Hand. Dass wir die Mischung hinter seinem Rücken dreimal abändern ließen, weil Gelb eben nicht gleich Gelb ist, durfte er nie erfahren. Ein Code für eventuelle Nachbestellungen blieb dabei auf der Strecke.

Überaus dankbar waren wir Tassilo, dass er mit uns die mit Matteo überstürzte Großbestellung bei COHAB noch einmal durchgehen wollte. Und zwar vor Ort, inmitten des erschöpfenden Angebots. *Con cal ma* wollte er die Sache angehen, also mit Ruhe und Schritt für Schritt, je nach Bedarf. Das entspannte uns und bescherte dem SOLE Badezimmer eine gelbe Wandfliese. Für die Fußböden wählten wir ein Cotto-Imitat. Verlegefreundlich und pflegeleicht, gleich für alle Quadratmeter der „Letzten Hütte". Zu einem Waschbecken und einer Duschwanne nebst Armaturen, einer Toilette und passendem Bidet konnten wir uns ganz schnell entscheiden. Die Papierflut blieb übersichtlich, die Listenpreise wurden um dreißig Prozent gesenkt. Hatte das mit Tassilos Verhandlungsgeschick zu tun?

Den Geometern oder Architekten stünde immer eine Provision zu, erklärte er uns. Er hätte während seiner bisherigen Tätigkeit noch nie eine angenommen. Er gäbe diesen Vorteil lieber seinen Kunden weiter, nicht nur, weil er in der Regel als Reise ausgezahlt wurde, die er ja sowieso nie antreten würde.

Aber unser Matteo wollte offensichtlich noch einmal nach Mexiko geflogen sein, damit sich sein Spanischunterricht auch wirklich gelohnt hat!

Als das Zementgrau in „Schlafen II" unter einem Maisgelb bis in den letzten Winkel hinein verschwunden war, waren wir glücklich. Noch glücklicher waren wir, als uns das kleine Badezimmer wie eine Sonne anstrahlte, das vom Fachmann Fliesen an Wände und Boden bekommen hatte. Immer wieder gingen wir an der Türöffnung vorbei oder schauten von draußen durchs rahmenlose Fenster, wie in die Wiege eines neugeborenen Kindes.

Wir waren überhaupt glücklich. Mein Mann vielleicht noch ein Stück mehr. Er zelebrierte nach den

Wochenenden all die Montage, an denen er nicht ins Büro musste.

Oramai mi consolo sang Zucchero jeden Morgen, wenn wir zur Baustelle aufbrachen. Der Spitzenreiter aller Radiosender und unsere Musik zum Lebensabschnitt...*piovono baci dal cielo,...* es regnet Küsse vom Himmel.

Geregnet hatte es bisweilen noch gar nicht, aber der blaue Himmel war nicht mehr selbstverständlich. Gelegentlich aufkommender Wind ließ uns die „Balkenpause" nach drinnen verlegen, was nicht die optimale Lösung war. Es zog durch Fenster- und Türöffnungen. Wir mussten mit Salvatore sprechen.

Aber Salvatore tauchte selten auf. Dafür hatte er seinen Assistenten, der fast täglich nach dem Rechten schaute. Und wann immer er auftauchte, fragten wir nach den Fenstern und einer Haustür für SOLE. Wir fürchteten kühle Oktobertage und Herbststürme. Auch die Fensterläden für das Haupthaus fielen noch in Salvatores Vertrag. Das Haus sollte winterfest werden.

Der Assistent war jung und ambitioniert. Er fuhr einen (vermutlich) gebrauchten BMW und trug Gummistiefel zur Designermode. Zur Fensterfrage fehlten ihm irgendwann die Worte, die musste dann Salvatore finden, den wir in seinem strahlendweißen Büro aufsuchten. Der schlug uns plastikplanenbespannte Holzrahmen für den Übergang vor, einen festen Fenstertermin konnte er uns nicht nennen. Er wusste um die Verzugsstrafe, die wir vertraglich festgehalten hatten. Das war kein Pappenstiel. Er versprach *uno scatto finale,* einen pünktlichen Endspurt. Zur zwischenzeitlichen Kompensation wollte er uns ein paar alte Türen überlassen, weil er von unserem Altmaterialverlust gehört hatte. Ich erkannte sie gleich wieder. Das abblätternde Türkis mit der Rückseite in Braun. Eine unserer unverwechselbaren Türen, und wenn schon eine in seinem gut bestückten Lager an der Wand lehnte, dann befanden sich mit Sicherheit auch andere aus unserem Eigentum darunter. Ich hielt mich mit Worten zurück und an die chinesische Weisheit.

„Ne prendo sei."

„Come ti pare…"

Dass ich mir gleich sechs Stück zur Seite stellte, war ihm glaube ich nicht ganz egal.

AUTUNNO – HERBST

Der Herbst, der Herbst, der Herbst ist da,
er bringt uns Wind, hei hussassa!
Schüttelt ab die Blätter,
bringt uns Regenwetter.
Heia hussassa, der Herbst ist da!

Ich habe als Kind leidenschaftlich gerne Volkslieder gesungen. Aber dass ich in der dritten Klasse musikalisch Freude zum anrückenden Herbst kundtun sollte, obwohl ich dem scheidenden Sommer nachtrauerte, ging mir völlig gegen den Strich.

Zum Unwetter in jener Oktobernacht entwich mir ein verschrecktes „Heia Hussassa". Der Sturm heulte, es pfiff unter unserem Dach, der Regen prasselte gegen die Scheiben, und kleine Pfützen sammelten sich auf der Küchenfensterbank. Gelegentlich krachte es. Am Morgen schauten wir aus dem Fenster und auf das hinterlassene Schlachtfeld. Äste lagen im Garten, von denen wir gar nicht wussten, wo die alle herkamen. Auf der Straße kullerten mehrere Mülltonnen, das Regenfass lag im Rosmarin und am Zaun flatterte ermattet eine grüne Plastikplane. Das Regenwasser stand auf den Feldern, weil der sommertrockene Boden die Mengen gar nicht so schnell hatte aufnehmen können.

„Tanta paura!"

Die Rocchettis hatten vor Angst nicht schlafen können, was uns in gewisser Weise ein beruhigendes Gefühl vermittelte, da es sich offensichtlich um kein gängiges Herbstintermezzo handelte. Wir legten die Miete für Oktober auf den Küchentisch und bekamen eine Schale mit Eiern.

„Siete bravi!", mit diesen Worten führte sie uns durch den dunklen Flur, der lediglich vom Restlicht der Küche spärlich versorgt wurde. Jetzt, wo der Herbst Einzug gehalten hatte und der gnadenlosen Sommerhitze nichts mehr entgegengesetzt werden musste, hätten sie doch die Rollläden wieder hochziehen können!

Wenn am Küchenfenster die *serranda* zur Hälfte aufgezogen sei, dann seien sie zu Hause und wir jederzeit willkommen. Wir ließen die beiden Alten in ihrer freiwilligen Dunkelhaft zurück, und ich nahm mir vor, im Wörterbuch diesem *bravo/bravi* auf die Spur zu kommen. Das fiel so häufig und immer wieder in unterschiedlichen Zusammenhängen, da wollte ich mich nicht mehr mit meinem vermuteten „Schulterklopfer" zufrieden geben.

Artig-brav-erfahren-patent-ehrlich-gut-lieb-rechtschaffen-redlich-schön-tüchtig-anständig-mutig-wacker.

Zu dieser Auswahl hätte man uns allerdings immer auf die Schulter klopfen können.

„Siete bravi", begrüßte ich Afrim, Buri und Eduardo, die im Nieselregen auf dem Gerüst standen und an den Fensterlaibungen arbeiteten. Sie sollten sich selbst aussuchen, was ich damit meinte.

Ein paar Schritte vom Auto reichten aus, unseren Schuhen ein lehmiges 15-Zentimeter-Plateau zu verpassen. Wir schrieben „Gummistiefel" auf den Einkaufszettel. In SOLE knatterten die Plastikplanen in ihren Lattenrahmen, als wir die provisorische Tür beiseite schoben. Wir verteilten weiter warmes Gelb und solange wir uns bewegten, brauchten wir nicht zu frieren. Das taten wir zur Mittagspause und notierten ein mobiles Gasheizgerät unter „Gummistiefel".

Genau so stellte ich mir Italien vor! Nach zwei Tagen schien wieder die Sonne und wir lagen auf den warmen Balken bei einem frei gefegten Blick auf eine gestochen scharfe Bergwelt, die ein paar Meter näher gerückt schien.

Für Freitag lud uns Tassilo zum Essen ein. Ins *Ristorante* mit seiner Frau, dem studierenden Sohn und der kleinen Tochter.

Was ich wolle? Fleisch? Fisch? Pasta?

„Un po d'atmosfera", antwortete ich. Mir fehlte bisweilen immer noch die gemütliche Osteria, so wie man sie aus Zeitschriften und Filmen kennt.

„Cosa voi,… mangiare bene o qualcosa per l'occhio?"

Was ich wollte? Natürlich wählte ich das gute Essen und verzichtete weiterhin auf Ästhetik.

Wir trugen unsere Winterjacken, als er uns am Abend mit dem Auto abholte.

EMANCIPAZIONE
EMANZIPATION

Als unser erster Sohn das Licht der Welt erblickte, fiel das mit der Geburtsstunde der Grünen zusammen. In unserem Viertel wohnten viele Anhänger der neuen Bewegung. Auf ungeputzten Fenstern klebte „Atomkraft nein danke", dahinter stand pflegeleichtes Zyperngras und an den dunkelbraun gestrichenen Wänden IVAR von Ikea. Die Frauen trugen gerne Lila und pochten auf mehr Rechte. Es gab reichlich Demos.

Ich schob meinen Kinderwagen, ging aber nie mit.

Ich ließ gerne die andern machen, vielleicht fehlte mir, mich persönlich betroffen zu fühlen, aber wenn es mich betraf, dann kümmerte ich mich durchaus darum, unliebsame Gegebenheiten in meinem Sinne zu verändern.

„Kehr doch bitte mal den Flur aus."

Der Flur war nicht groß. Der sollte heute gefliest werden. Direkter Anschluss an das schon ausgelegte kleine Badezimmer.

„Bring doch ein paar Packungen Fliesen rein und lege sie in die Küche." Mein Mann studierte die Verarbeitungsanweisung des Fliesenklebers.

„Jetzt holst du mir bitte einen Eimer mit sauberem Wasser." Wasser bekamen wir bisweilen nur aus dem Schlauch, der in der Bautonne hing.

„Im Werkzeugkasten liegt ein Knäuel rote Schnur..."

Ich lernte, dass das eine Richtschnur sei, mit der man die Raummitte ermittelt.

„Halte mal…"

Ich hielt die gespannte Schnur, und ich hielt sie, während mein Mann den Rührquirl in die Bohrmaschine spannte, und ich ließ sie auch nicht los, als er Wasser in das graue Pulver schüttete und das Ganze gut durchrührte. Dann aber legte ich einen Stapel Fliesen auf das Schnur-Ende und verschränkte die Arme.

„Hast du den Zahnspachtel gesehen?"

Hatte ich. Und ich sagte ihm, dass ich jetzt losfahren würde, um auch für mich einen Zahnspachtel zu besorgen und Knieschoner und eine Kelle und ein Fugengummi und einen Gummihammer.

Ich nahm mir „Schlafen I" vor, auch wenn mein Mann vor sich hinbrummte, ohne die Fairness zu besitzen, mir zu sagen, was er da inhaltlich von sich gab. Aber ich blieb stur, wollte nicht zum Handlanger werden. Unter „wir renovieren ein Landhaus im Süden", stellte ich mir etwas anderes vor.

Ich kehrte „Schlafen I" ordentlich aus. Ich schleppte Fliesenpakete in meine kleine Baustelle. Ich ermittelte die Raummitte. Ich rührte Fliesenkleber an. Ich legte los. Wir hatten uns für das einfachste Verlegemuster entschieden, daran musste ich mich halten. Wenn man in seinem Leben schon diverse Torten gefüllt hat, wird das Verteilen des Klebers zum Kinderspiel. Unter Beachtung der Dehnungsfuge an den Wänden drückte ich die Keramik Stück für Stück in die graue Paste, verteilte Fugenkreuze und klopfte abschließend mit dem Gummihammer auf mein

Werk. Die letzte Fliese in der Reihe verlangte geschnitten zu werden. Der elektrische Fliesenschneider stand in der Wohnküche und mein Mann wortlos daneben; ich glaube, er wollte mich scheitern sehen. Die Scheibe fraß sich an meinem Bleistiftstrich entlang und trennte, was nicht mehr zusammengehören sollte. Das Reststück legte ich beiseite.

„ Das ist mein Reststück. Finger weg! Das bleibt hier liegen, kommt irgendwann passend zum Einsatz!"

Mein Mann schien die heutige Konversation aufs Brummen reduziert zu haben. Ich ließ mich nicht beirren. Ich klopfte häufiger als er, und er musste sich auch immer wieder anhören, wenn ich den Fliesenschneider aufkreischen ließ. Ich kam erstaunlich schnell voran und ich war so begeistert vom Anblick gelber Wände, die auf den cottofarbenen Fußboden trafen, dass ich in die Hände klatschte. Als mein Mann mit seiner Arbeit knapp über den Türausschnitt zu meiner Baustelle hinauskam, musste ich aufhören, weil ich sonst beim Verlassen von „Schlafen I" auf seine frisch verlegten Fliesen hätte treten müssen.

Gut, auch er hätte seine Arbeit einstellen können, aber ich wollte nichts übertreiben. Mir lag mehr an einer sich wiederbelebenden Konversation.

Dass er am Abend den Rührquirl eigenhändig vom Kleber befreite, betrachtete ich schon als Friedensangebot.

BUON LAVORO
FROHES SCHAFFEN

Wer schaffen will, muss fröhlich sein. Das ist von Theodor Fontane. *Die Tränen lassen nichts gelingen.*

Wir hatten jetzt nicht gerade rumgeheult, aber die Stimmung vom Vortag hatte schon etwas Bedrückendes. Wir freuten uns mächtig, als wir am Morgen auf unser Tun von gestern blickten. Wir waren regelrecht stolz. Das trieb uns gegenseitig in die Arme. Dann richtete sich mein Mann in „Schlafen II" ein, damit ich mein Zimmer fertig stellen konnte. Ich erlaubte ihm, von meinen Reststücken zu nehmen. Ich machte sogar den Vorschlag, einen gemeinsamen Haufen anzulegen. Wir waren wieder ein Team.

„Stell dir vor, einer von uns hätte keine Lust mehr und würde alles hinschmeißen!" Ich schaute in seine Baustelle rein, die er gerade ausfegte.

„Solch ein Projekt kann man nur anpacken, wenn alle an einem Strang ziehen."

„Hast du Angst, dass ich irgendwann mal nicht mehr mitziehe?"

„Manchmal habe ich Angst, dass es dir hier zu einsam wird, dass dir Freundinnen fehlen, dass du dich nach Abwechslung sehnst."

„An Abwechslung mangelt es nun mal gar nicht! Und es ist doch wunderbar, dass wir uns so auf das konzentrieren können, was wir gerade machen. Noch umzingelt uns keine Landhausgemeinde. Keine Einladungen, keine Abendessen, kein Druck wegen irgendwelcher Gegeneinladungen! Ich fühle mich sauwohl dabei. Non ti preoccupare!"

Bis zum Mittagessen wollte ich den angerührten Fliesenkleber verarbeitet haben. „Gelbe Pause", sagten wir, wenn keine Sonne schien, und wir auf Fliesenstapeln vor der Camping-Gasheizung im kleinen SOLE- Bad hockten.

Zwei Drittel von „Schlafen I" hatte ich schon mit Fliesen ausgelegt. Ich befand mich in Hochstimmung, als Salvatores Assistent mich mit seinem *Buongiorno* hinter meinem Rücken fast zu Tode erschreckte.

Die Fenster kämen möglicherweise noch vor dem Wochenende. Er schaute leicht irritiert, mich auf Knien bei solch einer Arbeit zu sehen.

„Buon lavoro", sagte er zum Abschied und ich fühlte mich und mein Werk geschätzt, zumal das Lob vom Fachmann kam. Ja, da war ich von mir ganz und gar selbst überzeugt, ich machte eine gute Arbeit!

Auch Tassilo und Afrim und Buri und Edoardo hielten sich mit Lob nicht zurück. „Buon lavoro - gute Arbeit" war in aller Munde, und mir schwoll die Brust bei all dieser Anerkennung, bis ich realisierte, dass mir das auch beim Wasserholen oder Werkzeugsäubern zugerufen wurde.

FROHES SCHAFFEN. Diese ernüchternde Erklärung entnahm ich dem Wörterbuch. Und ich hatte mich doch immer so gefreut!

Am Freitag kamen die Fenster und eine Haustür. Das war wie Schöner Wohnen nur ohne Wasseranschluss und Toilette. Obwohl wir uns für das ursprüngliche Rot entschieden hatten, wurden sie in einem dunklen Braun geliefert. Wir hätten das so gewollt, behauptete Tassilo. Anstatt zu protestieren, lächelten wir mit Mühe asiatisch. Zumindest außen wurde den Fenstern später wegen der Einheitlichkeit unsere Wunschfarbe verpasst.

Die falsche Farbe war eine Sache, die Qualität eine andere. Es handelte sich nicht um ein „buon lavoro", und da noch 28 Fenster ausstanden, überzeugten wir Salvatore, aus dem Teilvertrag auszusteigen, da er sowieso im Verzug wäre und die fehlenden Fensterläden und Türen nicht mehr rechtzeitig liefern könnte. Das würde richtig was kosten!

Der General räumte das Feld.

Das heißt, er ließ räumen, und darum mussten sich Afrim, Buri und Edoardo kümmern. Das Gerüst wurde abgebaut, der Betonmischer wurde verladen, Baubretter wurden zusammengetragen und sie vergaßen auch nicht einzusammeln, was sie uns einst geborgt hatten. Mir fiel dann das Kuchenblech ein, das ich seit ein paar Wochen vermisste. Das sei in der Bauhütte im Kühlschrank, könnte ich mir holen. In der Bauhütte war es duster. Etwas mehr Licht bekam ich durch den geöffneten Kühlschrank, in dem, neben ein paar Bierflaschen, verschimmelte Kuchenreste in meiner Backform fluoreszierten. Ich dachte sofort an eine Komplettentsorgung (den verrosteten und schmuddeligen Kühlschrank gleich mit), wurde dann aber von unzähligen barbusigen Kalenderblattschönheiten, mit denen die Blechbleibe tapeziert war, abgelenkt.

„Hai trovato?"

Oh ja, natürlich hatte ich gefunden, was ich suchte, und es war mir etwas unangenehm, dass ich beim

Bildergucken erwischt wurde. Afrim hingegen war es überhaupt nicht unangenehm sich anzugucken, was ich auf dem Blech nach draußen trug.

Am Nachmittag entschwebte mit flatterndem Klopapierschweif die Dixi-Toilette am Kranhaken ihrem hiesigen Einsatzort.

Den dreien wünschten wir alles Gute und dankten ihnen mit einem kleinen Präsentkorb.

Ein *buon lavoro* konnte ich mir nicht verkneifen.

Zurück blieben wir und unser Haus. Ein befreites Haus. Noch nicht ganz genesen, aber deutlich auf dem Wege der Besserung.

LA SQUADRA NUOVA
DIE NEUE TRUPPE

Es regnete seit drei Tagen. Das Gelände um unser Haus war aufgeweicht. Unsere Gummistiefel sahen aus wie Lehmklumpen mit Einstiegsöffnung. Wir bemühten uns, den Dreck draußen zu lassen, auch im Haupthaus.

Leandro, Enno und Fabio waren die neuen. Ein kleines Familienunternehmen. Leandro der älteste, Fabio sein Sohn und Enno der Bruder von Leandro. Vater und Sohn waren für diesen Beruf wie geschnitzt und möglicherweise gehörten auch die Zigaretten dazu, die fast ununterbrochen zwischen ihren Lippen qualmten. Enno sah aus, als hätte er eine Schreibtischtätigkeit für seinen Lebensunterhalt vorgezogen. Zusammen mit Tassilo machten wir eine Erstbegehung. Der Lehm fiel mit jedem Schritt von ihren Schuhen. Mit einer „Hausschuhverordnung" hätte ich mich wohl lächerlich gemacht. Einen Aschenbecher zog ich kurzfristig in Erwägung, alleine schon wegen der 10-15 Jahre Verrottungsdauer für jede einzelne Kippe.

Ich lernte ganz schnell, ihr „Fehlverhalten" zu dulden. Es war eine nette Truppe, und auch sie bekam von mir an jedem Montag einen Kuchen. Es schien ihnen wie ein Wunder, dass es jedes Mal ein anderer war, denn die Vielfalt in den Marken ist diesbezüglich eine begrenzte. Eigentlich gibt es nur einen, die Crostata. Fünf Jahre könnten sie hier tätig sein, sagte ich, und ich wäre in der Lage, mich mit dem Backwerk niemals zu wiederholen. Da gab es nur ungläubiges Kopfschütteln.

Aber natürlich hatten sie nicht vor, fünf Jahre an unserem Haus zu werkeln. Innerhalb eines Jahres wollten sie fertig sein. Der firmeneigene Betonmischer drehte sich schon, und sie fingen an, die Innenwände hochzuziehen. Wir verfugten derweil unsere ersten fertig gestellten Räume, und ich wusste ganz schnell, dass das nicht zu meiner Lieblingsbeschäftigung werden würde. Diese Wischerei, bis der graue Schlamm in den Fugen und die Überreste wieder draußen waren! Eimer um Eimer mit Wasser haben wir geschleppt, und unsere Hände wurden taub von der Kälte.

Da kam uns Martino gerade recht mit seiner Einladung zum Pranzo am Sonntag. Es waren alle da. Lucia und Eduardo, Isabella und Giovanni, Alfredo mit seiner Fatima, nur die Schwester aus Florenz fehlte, dafür gab es Freunde aus Rom. Am Ablauf hatte sich nichts geändert. Draußen schmorte Federvieh im Holzfeuer, drinnen kümmerten sich Lucia und Isabella um die Pasta und den Salat. Fatima verteilte Plastikgeschirr. Das konnte sie diesmal ungestört tun, Alfredos Liebesfeuer flackerte auf Sparflamme. Die Männer tranken Rotwein, und ich rieb Käse in eine Blechschüssel. Beim Essen mussten wir von unserem Haus erzählen, von unserem Einsatz, vom Dreck und von der Kälte, an die wir uns erst wieder gewöhnen mussten.

„E questo è divertente?"

„Ja, das macht uns richtig Spaß!"

Abgeräumt wurde ganz pragmatisch. Das komplette Plastikgeschirr wanderte in den offenen Kamin und krümmte sich stinkend in den Flammen.

Das fanden wir nicht spaßig.

NEBBIA DI NOVEMBRE
NOVEMBERNEBEL

An manchem Oktobermorgen war die Fahrt zur Baustelle wie aus dem Bilderbuch. Der Nebel lag wie ein Milchsee in den Tälern, aus dem die mittelalterlichen Dörfer wie Inseln herausragten. Dazu sang Zucchero *oramai mi consola,* und wir sangen, soweit das ging, mit. Aber im November verlor der Nebel das Malerische, er hüllte alles ein und ließ es von Baum und Strauch tropfen. Zucchero sang weiterhin, aber wir hatten keine Lust mehr mitzusingen. Es gab Tage, die lückenlos im Dunst lagen. Dann sah ich nur das Unmittelbare. Die leeren Zementsäcke, verstreute Holzpaletten, zusammengeknüllte Plastikplanen, Styroporreste, Ziegelsteine und den Schlamm. Keine Landschaft in der Ferne, die beim Drüberhinwegsehen half. Der Nebel nahm uns nicht nur die Sicht, er nahm uns auch die gute Laune.

SOLE war komplett verfliest. Ich trug den Lack für die *battiscopa,* die Fußleiste auf, und mein Mann mauerte an der Küchenzeile. Jeder für sich, ohne dieses „guck mal, sieht doch super aus!"

Beim Abendbrot redeten wir wenig, es gab keinen Fernseher, der das überspielen konnte. Wir kämpften nicht mehr um den Sieg bei CARCASONNE, wollten nicht zur Pizzeria in Mondino und morgens ungern aus dem Bett.

Derweil wuchsen im Obergeschoss des Haupthauses die Mauern, ließen Räume entstehen und nahmen der entkernten Großzügigkeit die Luft. Ich fing an zu meckern.

„Kaninchenställe!"

„So geht das nicht weiter! Wir müssen uns zusammenreißen!" Mein Mann warf den Zollstock gegen die Wand.

„Nur vom Zusammenreißen kommt keine gute Laune zurück!"

„Dann müssen wir etwas ändern, damit sie wieder zurückkommt!"

„Was wollen wir denn ändern? Ist doch alles vorgegeben, was zu tun ist!"

„Zusätzlich. Wir müssen zusätzliche Aktivitäten einschieben."

„Sollen wir jetzt im Kirchenchor singen?"

„Mit Sarkasmus ist uns nicht geholfen! Aber wir könnten zum Beispiel Italienischunterricht nehmen."

Von da an fuhren wir jeden Freitagvormittag nach Borgolino zu Antonia, die sich bereit erklärt hatte, uns zu unterrichten. Danach besuchten wir häufig Tassilo in seinem Büro. Es gab immer etwas zu besprechen, und es gab immer einen Aperitif in der Bar um die Ecke. Dieses Rauskommen war gar nicht so schlecht. Perspektivenwechsel. Alleine, dass wir bei Antonia und Tassilo gute Stimmung simulieren mussten, baute wahre gute Stimmung in kleinen Schritten wieder auf.

Und als nach einem heftigen Regen der Nebel verschwunden war und die auftauchende Sonne noch über erstaunlich viel Kraft verfügte, war das wie Balsam auf unsere genesenden Seelen.

Da Oliven trocken sein müssen, wenn sie zur Mühle kommen, konnte man das Wetter als ideal bezeichnen. Natürlich sagten wir nicht nein, als Martino uns um Hilfe bat. Zwei Tage streiften wir mit der ganzen Familie die Früchte von den Ästen in die ausgelegten Netze. In den Mittagspausen lagen wir im Gras in der Sonne und aßen, was Lucia mitgebracht hatte.

„Cose semplice" sagte sie. Wir fanden alles köstlich, da 'einfach' 'köstlich' nicht ausschließen muss. Wir genossen die beiden Tage ohne Zement und Maurerkelle.

Nachdem das Öl in Kanistern war, wurde gefeiert. In der gleichen Besetzung, aber diesmal mit echtem Geschirr. Zum Abschluss rückte Martino von seinem Nusslikör heraus, und wir sangen *Volare* und *Una festa sui prati.*

Unseren Ernteanteil würden wir zu Weihnachten bekommen. Martinos Abschiedsworte, als wir bestens gelaunt die geländerlose Treppe nach unten wankten.

„Weihnachten ist bald", sagte ich meinem Mann im Auto. „Weihnachten kommen die Kinder, bis dahin muss SOLE fertig sein!"

Wir hatten ein Etappenziel vor Augen, und das gingen wir mit wiedererwachtem Enthusiasmus an.

LA PRIMA PARTE DEL TRASLOCO
DER ERSTE TEILUMZUG

Karl Imhoff, vor über hundert Jahren ein Pionier der Abwassertechnik, ein Landsmann und Schöpfer des gleichnamigen *Pozzo Imhoff,* ermöglichte uns trotz Alleinlage und somit ohne Kanalanschluss, alles loszuwerden, was aus dem Haus gespült werden musste.

Dafür wurden große Löcher ausgehoben, in die man Betonringe einließ, die das Dreikammersystem bildeten. Ich sehnte den Augenblick herbei, im kleinen gelben Badezimmer die Geberit-Taste drücken zu dürfen!

Aber dazu brauchte es einen *idraulico,* einen Installateur, der sich auch um Gas, Wasser und eine Heizung kümmern sollte.

Tassilo empfahl uns Patrizio aus Borgolino, den er uns beim Aperitif in der kleinen Bar vorstellte. Patrizio wusste um seine optische Wirkung, und mit Sicherheit kümmerte er sich nicht nur um Gasanschlüsse und Heizungsanlagen. Er sei leidenschaftlicher Jäger, verriet er uns mit zusammengekniffenem Auge und feuerte einen imaginären Schuss inklusive Rückstoß ab. Zur Beute machte er keine näheren Angaben. Er redete schnell und schien überhaupt irgendwie immer in Eile.

So eilte er auch in den nächsten Tagen zu uns, hinterließ Material, zwei Angestellte und mehrere Aufträge. Die sorgten für Wasser, Gas und Wärme. Ich flieste den Küchenspiegel und die Küchenzeile, mein Mann mauerte eine Sitzbank in der Wohnküche.

Der Elektriker, der in dieser regen Phase dazu stieß, hieß Fortunato. Fortunato ist mit *glücklich* zu übersetzen, aber *nomen est* eben nicht immer automatisch *omen*.. Er zog lustlos jede Menge Kabel durch die vorhandenen Leerohre, brachte Steckdosen an und montierte auf dem Dach eine Satellitenschüssel, die uns wiederum sehr glücklich machte.

Wir befanden uns in der ersten Dezemberwoche, der Regen schien chronischen zu werden. Karl Imhoffs System war abgesoffen („*stand unter Wasser*" trifft der Dramatik nicht ins Herz), und Patrizio schüttelte seinen schönen Kopf zur Frage auf baldigen Anschluss. Aber auch ohne funktionierendes Abwassersystem bestellten wir das Umzugsunternehmen mit der ersten Teilauslieferung. Wir mussten gar nicht lange warten, sie schafften es noch in der Regenphase einzulaufen und erkannten sofort das Problem des aufgeweichten Lehmbodens. Mit unzähligen zusammengefalteten Umzugskartons legten sie sich einen Pfad, der sich relativ schnell vollsaugte und immer wieder mit neuen Kartonschichten versorgt werden musste. Unsere leeren Räume füllten sich, weiße „Crown Van Lines" Kartons mit roter Schrift und blauem Wappen stapelten sich an den Wänden und katapultierten mich ganz kurz nach Asien zurück. Die Realität holte mich wieder ein, als wir mit dem Auspacken beschäftigt waren und in jedem nur möglichen Hohlraum Dinge entdeckten, die von mir niemals diesem Teilumzug zugeordnet worden waren. Zwischen den Beinen der Korbsessel waren meine chinesischen

Stoffvorräte deponiert, im Küchenschrank steckte unsere umfangreiche Spielesammlung und etliche Bücher. Fotoalben und die Osterdeko befanden sich in einer Truhe, Sofapolster und Kissen klemmten zwischen den Tischbeinen, und es gab Kisten, die solch überflüssige Dinge wie Diakästen und Projektor zum Inhalt hatten. Mit anderen Worten, wir erstickten in Gegenständen, die wir zu dem Zeitpunkt überhaupt nicht gebrauchen konnten. Das war wohl der Preis, den wir für „preiswert" bezahlen mussten, der geschätzte 40 Fuß Container war offensichtlich zu knapp, und so hatte man „intelligent" gepackt.

Da ich die Wohnküche als nicht zu kontaminierende Rückzugsoase einforderte, musste der Überfluss auf Schlafen I und Schlafen II verteilt werden. Das war nicht wenig, und uns blieben lediglich zwei schmale Gänge, um zur wohlverdienten Schlafstätte vorzudringen. Die gelben Wände waren zugestellt, durch eine Schneise gelangten wir zum Fenster und an Frischluft. Schlafen I versank im Chaos und um dem Herr zu werden, stapelten wir die Umzugskisten teils bis auf Deckenhöhe unter Berücksichtigung eines Matratzenlagers für die Kinder.

Während man im Innern von einem steigenden Pegel sprechen konnte, sank er draußen ganz langsam ab. Es hatte aufgehört zu regnen. Den Rest ließ Patrizio auspumpen, es wurden Anschlüsse gelegt und dann wurde das Dreikammersystem seiner Bestimmung übergeben. Ich drückte mehrmals hintereinander die Toilettenspülung. Wasserrauschen kann so schön sein! Die Heizung lief, die vier Feuerstellen des Gasherdes bestanden die Generalprobe, und wenn man die Wasserhähne nach links drehte, kam auch warmes Wasser raus. Wir konnten einziehen!

Mein Mann betrachtete sich als Packgenie. Mit einer einzigen Fahrt sollte unser Rocchetti-Ferienwohnung-Hausstand ins neue Heim gebracht werden. Noch saß ich nicht im Auto, da mir meist die Aufgabe zufiel, das schmiedeeiserne Zufahrtstor zu schließen und die Kette mit dem Vorhängeschloss durch die Gitterstäbe zu fummeln.

„Unser zukünftiges Tor der „Letzten Hütte" bitte nur mit Fernbedienung!"

Anschnallen ging nicht mehr, ich war schon dankbar, nicht zu Fuß hinterher laufen zu müssen.

Die Rocchettis, bei denen wir zum Abschied noch vorbeischauten, hätten uns gerne noch länger behalten, und sie beteuerten, dass sie das nicht des Geldes wegen meinten, wir seien einfach *bravi, bravissimi!*

Wir versprachen bei halbhochgezogenem Küchenrollladen gelegentlich anzuklopfen. Zehn Eier und zwei Wirsingköpfe konnten wir nicht ablehnen. Die Reststrecke belief sich auf zehn Minuten, danach konnte ich mich wieder entfalten.

Ich bestand weiterhin in Sachen Wohnküche auf eine „keimfreie Zone", und so forderte das Verstauen des Privatumzugs viel Fantasie bei wenig Platz.

Zu Weihnachten wünschte ich mir ein paar Tonnen Schotter, damit der Sumpf um unser Haus endlich trocken gelegt werden konnte. Neben dem Schotter schenkten wir uns zwei symbolträchtige Olivenbäumchen in Töpfen, und als Tannenbaum wurde ein Taxus angeschafft, der nach seinem festlichen

Einsatz im Garten unterkommen sollte. Wir freuten uns auf die Kinder, und die Kinder freuten sich auf uns. Im Anbau der Letzten Hütte brannten Kerzen und schmorte eine Gans im Ofen. Auf eine Zigarette ging ich kurz nach draußen, wo ich einem gedämpften „Stille Nacht, heilige Nacht" lauschen konnte. Mir gelang es, einen Kringel in die Luft zu blasen. Was wollte ich mehr!

IL BLUES DELL INVERNO
WINTERBLUES

Unsere Kinder durften nicht abreisen, bevor es nicht zu einer „Familienzusammenführung" bei Martino kam. Auch Tassilo saß mit den Seinen mit am Tisch. Diesmal garten zwei Kaninchen und ein halbes Lamm im holzbefeuerten *Forno*. Neben weihnachtlichem Liedgut tauschten wir kleine Geschenke aus, und ich stellte fest, dass „klein" nicht weniger überflüssig sein konnte.

In Sachen „Überfluss" waren meine psychischen Ressourcen fast aufgebraucht. Ich ärgerte mich jeden Morgen, wenn ich zwischen all den Kisten die Augen aufschlug. Die physischen Energien waren noch ausreichend vorhanden, wir schlugen unsere Baustelle im Haupthaus auf. Um an die noch höher gelegenen Deckenbalken zu gelangen, kauften wir uns ein fahrbares Gerüst, dessen Erstmontage uns wie ein überdimensioniertes Geduldspiel vorkam, etwa wie *„Entferne die beiden Kugeln an der Kette vom Drahtgebilde...ohne einen Seitenschneider einzusetzen ha,ha,ha..."*

Ohne irgendwelches Gestänge zurechtzubiegen, stand es uns nach einigen Stunden einsatzbereit zur Verfügung. Gilt es als besondere Leistung, eine Waffe blind und unter Zeitdruck auseinanderzunehmen und wieder zusammenzusetzen, so hätten wir uns nach kurzer Zeit unter gleichen Bedingungen, allerdings mit unserem Gerüst, einem Wettkampf siegesbewusst stellen können. Wieder zogen wir von Raum zu

Raum und reinigten und lasierten, teils bei eisigen Temperaturen, und wenn dazu noch der Wind blies, freuten wir uns nur über den Vorteil, dass keine Fenster und Türen schlagen konnten.

Ein zweifellos wahrer Vorteil war unsere neue Bleibe SOLE. Den zelebrierten wir anfangs förmlich. Jederzeit nach Haus gehen können, nicht auf die Beendigung einer Arbeit des anderen warten zu müssen und nicht auf das Auto angewiesen zu sein. Einfach um die Ecke, *ecco!*

Am Abend eine Flasche Rotwein und deutsches Fernsehprogramm. Wir konsumierten wahllos (nur das Fernsehprogramm betreffend) und erfreuten uns der deutschen Sprache und der bewegten Bilder zur Entspannung. „Wahllos" lag auch am fehlenden Programmheft und am nicht vorhandenen Internetanschluss. Dass an den Sonntagen im Ersten nach den Zwanzig-Uhr-Nachrichten ein Tatort oder wahlweise ein Polizeiruf das Wochenende ausläutete, waren eingebrannte Daten, die auch nach mehreren Jahren Auslandsaufenthalt keine Chance auf Verblassen hatten. Es waren an jenem Abend die Kommissare Batic und Leitmayr, die bei uns eine Sinnkrise einläuteten.

An Einzelheiten der Handlung kann ich mich nicht mehr erinnern. Es gab einen Toten und die beiden Münchner Kommissare waren unterwegs, um Befragungen durchzuführen. Einer der Verdächtigen war ein erfolgreicher Geschäftsmann im gut sitzenden Anzug mit Aktenkoffer und wenig Zeit. Sein Fahrer ließ den Motor einer Luxuslimousine laufen, während der erfolgreiche Geschäftsmann die freie Hand auf der geöffneten Beifahrertür ablegte und sich grundsätzlich bereit erklärte, aber eben nicht jetzt, wegen wichtiger Termine.

Ich schaute zur Seite und las in den Gesichtszügen meines Mannes einen Anflug von Wehmut wegen des Wegfalls von Fahrer, Dienstwagen und dringender Termine.

Die beiden Ermittler drohten mit Vorladung und fuhren anschließend in eine kleinbürgerliche Siedlung am Stadtrand. Auf ausdauerndes Klingeln am Eingang eines Mehrfamilienhauses wurde nicht geöffnet, und so befragten sie den Nachbarn vom zweiten Stock, der sich neugierig über üppig blühende Geranien beugte.

Nein, Frau Plattner sei nicht da, wer sie denn seien und was sie wollten. Ein knappes „Mordkommission München" ließ ihn die Geranien mit zwei Händen auseinander drücken,… er habe es ja schon immer gewusst, dass mit der Frau Plattner irgendetwas nicht stimme, alleine schon die Unregelmäßigkeit ihrer Anwesenheit. Und wenn sie schon mal da wäre, dann sollten sie schauen mit wem! Und sie sei die einzige im ganzen Haus, die das mit der Mülltrennung…

Batic sagte auf dem Weg zum Auto, dass der Typ ein Arschloch wäre, und dass man seinem ärgsten Feind nicht solch einen Nachbarn an den Hals wünsche.

Ich wünschte mir plötzlich Nachbarn und wollte nicht einmal wählerisch sein.

‚Sabine Christiansen' hatten wir uns danach nicht mehr angeschaut. Unabgesprochen wollten wir uns beide gerade von niemandem in unsere schlechte Stimmung reinquasseln lassen. Wir standen im kleinen gelben Badezimmer nebeneinander vor dem Spiegel und putzten uns die Zähne. Und jeder von uns schien die Gedanken des anderen lesen zu können, die wir dann schweigend mit ins Bett nahmen, um vor uns hinzugrübeln, bis uns der Schlaf, trotz heulenden Windes, übermannte.

LA CRISI - DIE KRISE

Die depressive Stimmung, die wir mit ins Bett genommen hatten, stand mit uns am Morgen wieder auf. Sie frühstückte mit uns und blieb uns auf den Fersen, als wir auf dem Weg zur Baustelle waren. Sie klebte an uns wie austretender Harz an Bäumen. Wir versuchten sie gar nicht loszuwerden und so wurde sie zum Nährboden einer ausgewachsenen Krise. Es waren meist kleine, fast nebensächliche Dinge, die sich auf diesem Humus ansammelten und Wurzeln schlugen. Das war die Phase, in der ich mir einen eigenen verschließbaren Werkzeugkasten zulegte, weil mir die Sucherei nach Hammer und Zange, die selten auf ihrem vorbestimmten Platz aufzufinden waren, auf die Nerven ging. Auf einen Adapter malte ich mit schwarzem Edding einen Totenkopf. Ein unlöschbares Zeichen für alleinigen Besitzanspruch. Mein Mann kaufte sich daraufhin zehn Adapter.

Was war los? Und warum ließen wir diesen Zustand tatenlos laufen?

Vielleicht lag es auch an der momentanen Tatenlosigkeit. Die Fußbodenheizung wurde verlegt, danach kam der Estrich drauf, und wir durften nicht rein. Ersatzweise stritten wir tief über die Elektropläne gebeugt. Meinem Wunsch nach einem anderen Verlegemuster im Haupthaus folgte ein Wutausbruch meines Mannes.

„Die Fliesenmaße lassen dieses Muster nicht zu, wie häufig muss ich dir das noch erklären!"

„ Der Bruchteil eines Millimeterchens...!"

„Dann mach doch alles alleine, wenn du es besser weißt! Und vielleicht ist es auch besser, wenn jeder für sich alleine…es ist noch nicht zu spät ein anderes Leben anzufangen!"

„Willst **du** jetzt die Brocken hinschmeißen? Hattest du nicht Angst, dass **ich** der Schwachpunkt sein könnte? Geht dir derartiges schon länger durch den Kopf? Das sind doch keine Gedanken von heute! Hast du etwa schon Pläne? Würde mich nicht wundern…!"

„Wir sollten verkaufen!"

„Du willst verkaufen? Du entscheidest…! Und dann?"

„Geht jeder seiner Wege!"

„So einfach? Jeder geht seiner Wege! Und mal darüber nachdenken, was mit uns gerade los ist? Hast du das mal in Erwägung gezogen? Deine Hau-Ruck-Lösungen kotzen mich an! Das mache ich nicht mehr mit!"

„Musst du auch bald nicht mehr!"

Ich griff mir meinen Mantel und fuhr heulend mit dem Auto davon. Da ich uneingeschränkt praktisch veranlagt bin, nutzte ich diese Flucht gleich zum Einkaufen.

Auf dem Rückweg fiel mein Blick auf das provisorisch zusammen gebastelte ASHRAM-Schild am Straßenrand. Das nahm ich eigentlich jedes Mal wahr, wenn ich unseren Hügel hinauffuhr, nur machte ich mir keine Gedanken dazu. Diesmal allerdings überlegte ich, ob ich dem Guru meine fünfzig Prozent vom Landhaus in die Opferschale werfe, mir bunten indischen Fummel besorge und in den Laden einziehe. Ein Racheakt quasi.

Diese Idee vom Straßenrand wurde recht schnell von meinen Überlegungen überlagert, was ich aus dem Einkauf zum Abendessen zaubere.

„Das darf nicht wahr sein! Mein Mann will alles hinschmeißen, und ich kümmere mich um die nächste Mahlzeit!"

Ich heulte die Reststrecke vor mich hin, und ich heulte, als ich die Frikadellen formte, Champignons blättrig schnitt und Kartoffeln schälte. Als ich zum Essen rief, hörte ich unser Auto wegfahren. Mein Mann aß auswärts.

DUBBI – ZWEIFEL

Zu allem Überfluss war der Morgen danach vernebelt. Ich war unglücklich und mein Mann nicht ansprechbar. Ich sagte den Italienischunterricht bei Antonia ab.

„Ich könnte den Unterricht überhaupt für immer absagen. Wozu sich weiterhin mit dieser Sprache abmühen?"

Mein Mann ging nach draußen und verschwand im Nebel.

Daran hatte ich nie gedacht. Zu zweit im großen Landhaus und dicke Luft. Das hatte mit Idylle nichts mehr zu tun, zumal mir die Wintermonate aufs Gemüt drückten. Die mediterrane Sommerstimmung schien eingemottet, das Treiben in Fußgängerzonen und auf den Plätzen war dürftig. In den Bars und Restaurants wurde kaum oder gar nicht geheizt. Ich fror. Generell.

Zweifel bestimmten mein Denken. Seit einem halben Jahr lebten wir im Dreck. Bei mir wuchs schon der Wunsch, mit sauberen Schuhen das Grundstück verlassen zu können. Ein Abendessen bei Freunden an einem mit Liebe gedeckten Tisch. Ein Gespräch, ohne nach Worten blättern zu müssen. Leben spüren. Ohne Trennung, aber auch ohne dieses riesige Haus. Die Callas sollte bleiben wo der Pfeffer wächst!

Der Estrich war trocken. Wir nahmen unsere Arbeit wieder auf und klopften die nach Ammoniak stinkende Mattonivertäfelung von den Stallwänden. Die

Drohung der Trennung lag in der kalten Luft, aber keiner von uns unternahm dahingehend irgendwelche Schritte. Wir schwiegen, aber in unseren Köpfen rauschte es, während wir klopften. Wir klopften Tag um Tag. Wir klopften um Zeit. Wir wussten beide um die möglichen Konsequenzen. Also blieben wir stur am baulichen Ablauf, denn damit machten wir erst einmal gar nichts verkehrt.

Und so fuhren wir auch mit Tassilo zu einem über drei Hügelketten entfernten Haus, um uns dort den Innenputz anzuschauen, den zwei Polen im Akkord an rohe Wände brachten. Eine graue, entlaubte Landschaft flog an mir vorbei, und ich war froh, die Rückbank für mich und meinen Schmerz alleine zu haben. Ich hatte keine Lust auf Konversation, und ich hatte auch keine Lust auf zwei Polen und Putztechnik. Diesem Italien, wie ich es gerade erlebte, traute ich kein Come back mehr zu. Ich lag zusammengerutscht im Fond, zum Aussteigen musste ich mich zusammenreißen.

Ziemlich große Bäume mit eingewickelten Wurzelballen lagen neben dunklen Pflanzlöchern und säumten den Weg zu einem Haus, bei dem man nichts dem Zufall überlassen hatte. Durchdachte Landhausarchitektur, ohne auf den Preis zu achten! Dieser Palast hinterließ schon als Baustelle solch einen Eindruck, dass er mich mit einem Schlag aus meiner Lethargie katapultierte. Es war ein Deutscher, der hier sein Kapital versenkte. Ein Landsmann, mit dem wir unsere Pläne teilten – ein Haus in den Marken! Beim Anblick dieses Beispiels verflogen die Zweifel, etwas gänzlich falsch zu machen. Eine externe Bestätigung, Balsam auf all meine Grübeleien! In der Medizin spricht man von Spontanheilung.

Bevor die Polen einfielen, musste Fortunato, der Glückliche, die Leerrohre für die Elektrik verlegen. Zusammen mit Tassilo und Leandro zogen wir mit ihm durch die zugige Baustelle und machten Kreidekreuze. Unter der Kälte litten an diesem Tag alle und ich brachte Tee mit Rum, der mit einem Schütteln wie Medizin getrunken wurde.

Die Erleichterung, die sich bei uns beiden anbahnen konnte, zeigten wir nicht nach außen. Jeder ließ den anderen im Glauben, weiterhin im Tief zu stecken, wir praktizierten Annäherung in homöopathischen Dosen.

Auf unserem Grundstück wurde ein Putzsilo aufgestellt und Schläuche spuckten die breiige Mischung an die Wände. Wie Akrobaten turnten die beiden Polen auf ihren kleinen Gerüsten und zogen mit langen Brettern das Rangeklatschte mit erstaunlicher Geschicklichkeit glatt. Die Räume wirkten danach aufgeräumt und hell und dadurch auch größer. Die Freude darüber zeigte ich nur ansatzweise. In meinem Innern war Partystimmung.

„Wenn man Blasenschwäche hat, sollte man kein Trampolin springen. Das geht in die Hose."

Mein Mann stand mit verschränkten Armen am Eingang zur Küche, in der ich angefangen hatte, nach meinem Wunschmuster die Bodenfliesen zu verlegen.

„Und das geht auch in die Hose."

Ich bemerkte, dass er dabei ein ganz klein wenig lächelte, soviel, damit ich es mitbekommen konnte, aber nicht zuviel, um Frieden zu verkünden.

AVANTI! – VORAN!

Mogeln ist die Variante „light" von betrügen. Es gibt ein Kartenspiel, bei dem man mogeln muss, und dazu gibt es sogar Regeln. Ich mogelte beim Verlegen der Bodenfliesen in der Küche zugunsten meines Musters. Auch da gab es eine Regel, damit es zu einem zufriedenstellenden Ergebnis kommen konnte. Ich musste nach jeder vierten Hochkantfliese die Abstandskreuze weglassen, um die sich minimal bildenden Verschiebungen zu kompensieren. Sechsunddreißig „fehlerfreie" Quadratmeter beeindruckten sogar meinen Mann, der sich dann entgegen seiner Kriegserklärung für ein friedvolles Nebeneinander im anschließenden Wohnzimmer bereit erklärte. Hier galt es achtundsechzig Quadratmeter zu bewältigen, wobei ich mich mit dem Erklären der Spielregeln zurückhielt, was sich als keine gute Idee herausstellte. Wir mussten immer wieder ganze Partien hochnehmen, weil wir ziemlich aus dem Lot gerieten.

„Manchmal solltest du einfach auf mich hören! Das geht so nicht!"

Mein Mann kratzte den Kleber vom Boden und pfefferte ihn in seinen Eimer zurück.

„Das stimmt, **so** nicht."

Ich wollte dem zarten Pflänzchen der Harmonie nicht die Bereitschaft am Wachsen nehmen.

„Siehst du in der Küche irgendwelche Mängel?"

„Da müsste ich jetzt ganz genau…"

„Wie genau? Mit dem Millimetermaß? Sei doch einfach mal locker und lass dir von mir nach jeder vierten Hochkantfliese die Abstandskreuzchen wegnehmen. Dann schiebst du alles ein bisschen näher zusammen..."

„Aber das sieht man doch!"

„Siehst du was?"

„Aber das ist doch..."

„Was? Das ist eine gute Arbeit!"

Die Karten wurden neu gemischt, zu meinen Regeln. Mein Mann spielte mit, wenn auch nicht gleich mit Begeisterung. Ich glaube, es ging jetzt wieder um **unser** Wohnzimmer, aus dem wir gerade eine „Mogelpackung" machten.

In den nächsten Tagen ließ die Februarsonne an den kommenden Frühling glauben. Das trieb uns aus der Baustelle heraus, und wir suchten Beschäftigung unter freiem Himmel. Suchen ist ein falscher Begriff, wir nahmen, was am nächsten lag. Das war der eingefallene Schweinestall, dessen graue Stahlbetonpfeiler in den knallblauen Himmel ragten, die Stelle, an der später das Sauna- und Schwimmbadhäuschen stehen sollte. Mit einem Elektro-Schlaghammer und dem Flex-Schneider brachten wir Unerwünschtes zu Fall, das in großen Brocken auf das Zerkleinern wartete. Das war die Stunde der Therapie. Abwechselnd ließen wir den Vorschlaghammer niedersausen, und nach drei Tagen „Straflager" hatten wir uns freigeprügelt und saßen frisch vereint auf einem riesigen Schotterhaufen, völlig erschöpft in die selbstauslösende Kamera lächelnd, die seit Weihnachten unser Tun digital dokumentierte.

Mit dem Schotter legten wir den ersten Gartenweg an. Wie eine gigantische Schlange lag er in der

Wildnis, und mir wurde wieder angst und bange, wie wir diesen Dschungel urbar machen sollten.

„Das schaffen wir schon!" mein Mann drückte mich ganz fest, dass mir die Tränen aus den Augen schossen.

„Ich wollte meinen Anteil schon dem Guru vom Ashram schenken", schluchzte ich.

„Der hätte nie mehr die rechte Ruhe zur Meditation gefunden!"

PASSI GRANDI
GROSSE SCHRITTE

Mittwoch sollten die Fenster montiert werden. Wir hatten einen Schreiner ganz in unserer Nähe gefunden, zu dem wir uneingeschränkte *fiducia* hatten, nachdem wir Arbeiten von ihm gesehen hatten.

Ich schrubbte vier Tage lang (das Wochenende inbegriffen, was wir uns aber eh schon lange nicht mehr gönnten) alle Mattonifensterbänke, die Leandro und seine Truppe gemauert hatten. Die Fenster konnten einziehen!

Die hohlen Augen unseres Hauses bekamen Rahmen, was uns, von außen betrachtet, überwältigte, drinnen aber seine Schattenseiten zeigte. Die breiten Rahmen schluckten jede Menge Licht! Trotz der Sonne blieb es in den unteren Räumen duster. Das waren ganz schlechte Bedingungen für jemanden, der so lichthungrig ist wie ich.

„Lass die Wände erst einmal hell gestrichen sein, dann sieht das wieder ganz anders aus." Mein Mann übte sich offensichtlich im Trostspenden, mein Ashramgedanke schien Eindruck hinterlassen zu haben.

Ich nahm mir zwei Tage „frei" und suchte nach einer Landhausküche. Ich mischte mich mal wieder unter Zivilisation (Supermarktbesuche fielen in den Baumonaten nicht unter diese Rubrik, das musste schnell und ohne großen Aufwand von statten gehen) und zog mich dementsprechend an. Das fühlte sich wie ein neuer Lebensabschnitt an. Die besseren Schuhe packte ich in einen Plastikbeutel, damit sie stadtnah sauber an meine Füße kamen. Eine Frisur vermisste ich, allerdings erst jetzt, wo es darauf ankam. Seit September hatte ich meine Kurzhaarfrisur zu keinem Frisör getragen. Jetzt befanden wir uns in der ersten Aprilwoche, und in der Zwischenzeit war etwas Undefinierbares herausgewachsen, das sich noch nicht mit einem Rettungs-Gummiring zusammenfassen ließ. Man würde mir trotzdem eine Küche verkaufen, tröstete ich mich, der Ablauf diverser Verkaufsgespräche würde alle Aufmerksamkeit absorbieren.

Cassetto, maniglia, accessori, controsoffitto, elettrodomestici, ante, l'altezza di lavoro...

Von Schublade über Einbaugeräte bis hin zur Arbeitshöhe...Fachvokabular für den Kücheneinkauf, wobei mir die Schublade, *il cassetto*, ständig aus meinem Gedächtnis rutschte und ich pantomimisch einspringen musste, was dem Personal regelmäßig ein „*ah,... un cassetto!*" entlockte, worauf ich ein „*si*" hinterherschob, um dieses *cassetto* sofort wieder zu vergessen. Es entgleitet noch heute immer wieder meinem Sprachwortschatz!

In der kleinen Stadt am Meer gab es erstaunlich viele Möglichkeiten, sich nach Küchen umzuschauen. Der Schwerpunkt lag allerdings bei „Modern" (teilweise wähnte ich mich in Chemielabors), dann kam „Zweckmäßig/Neutral" und vereinzelt wurde „Gestriges" geboten. Da ich unsere neugewonnene Harmonie nicht gefährden wollte, konnte ich meinen Mann mit der Montage einer Ikea-Küche unmöglich belasten. Ich musste fündig werden und schärfte meinen

Blick, damit ich auch vermeintlich Nebensächliches erfasste.

Es war beim Verlassen eines kleinen Möbelgeschäfts, als ich neben dem Ausgang einen Aufsteller entdeckte. Auf dickem Karton erblickte ich meine Landhausküche! Kurz darauf blätterte ich in einem hochwertigen Katalog und der wiedererwachte Fachmann versicherte mir nach jeder umgelegten Seite „Signora, tutto è possibile!", dass also all meine Wünsche machbar seien. Wäre mein Italienisch sattelfester gewesen, hätte ich mir auf der Stelle eine neue Frisur gewünscht.

Mit meinen Küchenwünschen wurde der Computer gefüttert, und ich konnte mit einer Maßstabzeichnung nach Haus fahren, die mir am nächsten Tag erlaubte bei COHAB die Keramik für den Fliesenspiegel auszusuchen.

Auf dem Weg dorthin durchfuhr ich bei strahlendem Sonnenschein eine Frühlingslandschaft, die mit zarten Grünvariationen nicht geizte, und die Straßenränder waren gesäumt von dicken Wülsten des grell leuchtenden Gelbsenfs. Die Musik im Radio machte Laune, und auch die Moderatoren waren bester Stimmung, auch wenn ich nicht alles verstand. Dass sie diesen schönen Tag immer wieder als außergewöhnlich priesen, konnte ich so gar nicht nachvollziehen. Für mich war Frühling in Italien. Ab heute stabile Wetterlage mit notwendigen Regentagen dazwischen. Basta! Leider musste ich mit den Jahren lernen, mich ebenfalls über außergewöhnlich schöne Tage zu freuen. Es gibt auch in Italien kein Traumwetter auf Knopfdruck. Zumindest nicht in den Anfangsphasen vor einem zuverlässig stattfindenden Sommer und in der Phase danach.

Ich weiß nicht, ob mich die Natur inspirierte, jedenfalls fiel meine Wahl auf eine Fliese, die unter anderem in diversen Grüntönen angeboten wurde. Ich entschied mich für die ganze Grün-Palette.

Fliesenkleber und Fugenmasse gab es unten im Lager bei COHAB, und dort musste man auch all seine Rechnungen begleichen. Das Lager war weitläufig, unterteilt in Warengruppen, und wenn man von außen das dritte Hallentor durchschritt, lag rechts ein kleiner Kubus, das Kassenhäuschen. Die Auftragsformulare musste man durch das Fenster reichen und in der Regel elend lange warten, bis der pummelige junge Mann alles in den Computer eingegeben hatte. Solch ein Leerlauf stellt Zeit für genauere Observation zur Verfügung, das heißt, man ist fast gezwungen, das unmittelbare Umfeld unter die Lupe zu nehmen, so wie ich einst meine Lehrer „zerlegte", anstatt dem Unterricht zu folgen.

Es gibt abgefressene Fingernägel, in diesem Fall konnte man von „aufgegessen" sprechen. Da war nichts mehr. Die fleischigen Stümpfe wanderten über die Tastatur, und wenn der Blick prüfend über den Bildschirm glitt, ging die Hand zum Mund. Oh, das wollte ich nicht sehen, er konnte ja nur noch den Knochen freilegen! Ich drehte meinen Kopf zur Seite, hin zum Kalender mit der halbnackten Schönheit, die für den April im seichten Wasser kniete und unter ihrem nassen T-Shirt sichtlich fror. Vielleicht gab es einen Zusammenhang zwischen Kalender und den Fingernägeln, dachte ich mir, und schob das Geld über den Tresen. Die Münzen musste er sich in die geöffnete Hand streichen. Fingernägel sind offensichtlich keine Laune der Natur.

Zu Hause konnte ich zwischen zwei fast fertigen Säulen unsere Toreinfahrt passieren. Fabio und Enno waren mit den Maurerarbeiten beschäftigt, Leandro mit meinem Mann unterwegs. Sie klopften alte Mattoni aus einer Ruine, damit die Säulen und Mauern einen stilgerechten Abschluss bekamen. Unser eigenes Altmaterial war aufgebraucht. Den schmiedeeisernen Zaun und das dazugehörige Tor hatten wir zusammen mit Tassilo beim *Fabro*, einem Schmied aus Borgolino, bestellt. Die bunten Leerrohre für die Stromversorgung lugten aus allen Öffnungen, wo sie gebraucht wurden. Klingel, Licht und vor allem die Elektrifizierung für das Tor. Furtunato würde die Strippen ziehen und mich glücklich machen.

La belissima giornata musste ich den Rücken kehren, mich rief die Pflicht. Vier Rollen Kreppklebeband und fast zwei Eimerchen mit Fertigstuckmasse war der Materialeinsatz, um im Obergeschoss in Apartment LUNA die Deckenbalken und Cottoziegeln abzukleben und mit Stuckmasse mittels einer Gebäckspritze (ich nutze gerne fachfremde Utensilien, die sich als zweckdienlich erwiesen) abzudichten, damit die Farbe beim Streichen nicht unter das Band laufen konnte. Acht Fenster nebst Sichtbalken als Sturz und die dazugehörigen Fensterbänke verlangten ebensolche Aufmerksamkeit, und so verbrachte ich zwei außergewöhnliche Frühlingstage hinter Mauern.

Die bekamen daraufhin Farbe. Wir arbeiteten im Team. Einer kümmerte sich vom Gerüst aus um die

„Höhenlagen", der andere um all die Flächen, die man aus dem Stand bewerkstelligen konnte. Aus dem Transistorradio schepperte italienische Musik, die milde Luft drängte sich durch die geöffneten Fenster, und die Landschaft schien sich wie im Rausch immer neuer Grünschattierungen zu bedienen. Bald erstrahlte der erste Raum in einem dezenten Beige, und wir strahlten mit. Unsere Baustelle verlor mit jedem Pinselstrich das Grobe.

TELEFONO - TELEFON

Gerade in der Abgeschiedenheit hat Kommunikationstechnik einen ganz großen Stellenwert, und somit wuchs unsere Ungeduld proportional zu all den leeren Versprechungen, die man uns immer wieder machte. Es musste eine Leitung von der gegenüberliegenden Straßenseite auf unser Grundstück gelegt werden. Wir warteten schon eine Ewigkeit darauf. Die italienische Telecom war dafür zuständig, und offensichtlich hatte man dort keine Ahnung, dass wir gezwungenermaßen schon monatelang einmal wöchentlich im Internetcafe in der kleinen Stadt am Meer saßen, um unsere E-Mails abzurufen und zu beantworten und unser Handy wegen der hohen Kosten nur selten benutzten (das erinnerte mich an die Siebzigerjahre und den Mondscheintarif, wo man erst nach einundzwanzig Uhr oder nur an den Wochenenden zum Hörer griff). Aber hätte man eine Ahnung gehabt, es wäre niemand zu Tränen gerührt umgehend angerückt, um uns Zugang zum Rest der Welt zu verschaffen. So naiv war ich nicht, aber ich war unendlich wütend. Selbst Tassilo hatte schon Angst vor mir, wenn das Thema auf die Leitung kam. Ich hätte ihnen den Asphalt höchstpersönlich aufgefräst. Mittlerweile war ich aber soweit, mich mit einer Fräse zur Telecomzentrale nach Mailand zu begeben und unser Anliegen zur Chefsache zu machen.

La speranza è l'ultima a morire. Die Hoffnung stirbt zuletzt, auch auf Italienisch. Bei mir war sie tot. Als die Techniker dann doch irgendwann auftauchten, war ich zur Wahrnehmung kaum noch in der Lage. Was sich da abspielte, hielt ich für eine Fata Morgana.

Erst als ich den Hörer unseres neuen Telefons in der Hand hielt, war ich überzeugt, dass wir einen Anschluss hatten. Wir konnten endlich vom Sofa aus online gehen, was ohne DSL (gab es in unserer Gemeinde noch nicht) quälend langsam voranging, aber wir waren so dankbar, dass wir uns die Zeit nahmen, die es brauchte, um eine Seite aufzubauen. Es ging ganz schnell, dass wir uns an den neuen Luxus gewöhnten, und umso schmerzhafter spürten wir den Verlust, als die Leitung plötzlich tot war. Ich wäre fast mit gestorben, hätte ich mich nicht am Leben erhalten müssen, um unermüdlich die Servicenummer der Telecom ins Handy einzutippen.

The way you look tonight von Frank Sinatra in der Endlosschleife brannte sich in mein Ohr. Ich erschrak förmlich, wenn eine Stimme der Musik plötzlich ein Ende setzte. Das waren dann Roberto, oder Elena. Aber auch Davide und Federico wollten uns helfen und hatten Ideen, woran es lag. Ein umgestürzter Mast bei Pesaro, Instandhaltungsarbeiten, ein Unwetter.

Morgen hätten wir wieder ein Freizeichen. Für diese zusammengestrickten Informationen aus einem Callcenter mussten wir stundenlang Frankyboy ertragen. *Some day, when I'm awfully low...* wir waren auch schon ganz unten und wechselten uns ab, denn einer alleine konnte diesen vertonten Terror nicht ertragen. Es war Carla, die uns nach leidvollen Tagen einen Techniker versprach. Der kam nicht gleich, aber er kam. Nachdem er auf den Mast geklettert war und dort ein Kontaktproblem ausschloss, vermutete er eins auf unserem Gelände unter der Erde. Das würde er nach der Mittagspause erledigen und war im Begriff wegzufahren.

„Lei non va via!" Ich stampfte mit den Füßen auf.

Diesen Techniker, der uns soviel Kraft gekostet hatte, ihn überhaupt zu bekommen, wollte ich nicht mehr vom Grundstück lassen! Ich wollte keinen Frank Sinatra mehr! Ein Knopfdruck, und die beiden Flügel unseres Tores schlossen sich. Ich war fast ein bisschen hysterisch und der Techniker leicht verwirrt. Er beteuerte mir, dass er wiederkommen werde, er wolle doch nur etwas essen gehen. Er redete von *fiducia* und ich sprach von *paura*, von der Angst, dass er sich in Luft auflösen würde. Er nahm einen Werkzeugkasten aus dem Kofferraum und stellte ihn mir vor die Füße. Ich drückte nochmals auf den Knopf, und die beiden Flügel strebten wieder auseinander.

Es war wohl eine Maus, die ins Verteilerkästchen geschlüpft war, und an den Kabeln geknabbert hatte!

Im Rausche der Glückseligkeit verwischte sich der Ärger schnell und wir wähnten uns in grenzenloser Sicherheit. Dann klingelte eines Nachmittags das Telefon.

„Pronto!"

ISDN. **I**dioten **s**trapazieren **d**eine **N**erven.

Nein, eigentlich handelte es sich um die technische Möglichkeit zwei Gespräche über eine Linie zu führen. Das klang verlockend, denn dann würde unser träges Internet Fahrt aufnehmen können. Das Angebot wurde uns telefonisch vermittelt, wobei ich den Vertrag mündlich „ausfüllen" musste, was Marco am anderen Ende der Leitung an den Rand eines Nervenzusammenbruchs brachte, denn mein sprachliches Defizit führte immer wieder zu Fehlern und wir mussten von vorne anfangen. Ich weiß nicht mehr, wie oft wir das taten, aber ich erinnere mich noch gut, dass ich so weit war, die ISDN-Idee über den Haufen zu werfen.

Aber dann weinte Marco fast ein *finalmente,* und wir warteten auf den Techniker. Der tauchte überraschend schnell auf, montierte ein Plastikkästchen in Weiß und verschwand wieder. Stunden später war unsere Leitung tot, ungünstigerweise, als ich bei ebay kurz vor einem Ersteigerungserfolg in Sachen „antiker Weichholzschrank" stand.

Und wieder war es Frank Sinatra, der uns die Wartezeit vertonte. Tage der Folter folgten. Unsere Aussagen machten wir wieder bei Roberto, Elena und Davide & Co, bis ein kluger Kopf dahinter kam, dass man unsere alte Leitung aus der Ferne gekappt, sich um ISDN aber nicht weiter gekümmert hatte. Wir bestanden auf sofortige Rückabwicklung und tätschelten am Abend unser träges, aber heimgekehrtes Internet.

Der Weichholzschrank war weg.

WWF ITALIA
WORLD WILDLIFE FUND IN ITALIEN

Das Grün der Landschaft war einem Spektrum aus Brauntönen gewichen. Das Getreide hatte man schon Mitte Juni abgeerntet. Auf den Stoppelfeldern lagen verstreut riesige runde Strohballen wie Bauklötze auf dem Fußboden eines unaufgeräumten Kinderzimmers. Die Sonnenblumen standen vertrocknet und braun mit gesenkten Köpfen in der rissigen Erde und glichen einer übergroßen Armee ausgemergelter Giacometti Skulpturen. Es war Sommer.

Die Hitze machte mir gar nichts aus. Im Gegenteil. Die schwere Arbeit bei leichter Kleidung und gebräunter Haut, auf der der Schweiß glänzte, hatte für mich eine gewisse Dramatik. Eine Art Überlebenskampf. Ich kämpfte gerne. Wir deckten das Dach des *Forno* ab, dem Backofenhäuschen. Da dieses ziemlich baufällig war, musste es teilweise abgetragen werden, wobei wir die Materialien retten wollten. Außerdem sollte es etwas verkleinert werden, um den Abstand zum Haus zu vergrößern. Mein Mann warf mir die Mönchs- und Nonnenziegel in meine von mir bereitgestellten Arme. Stück für Stück stapelte ich sorgsam zu einem ansehnlichen Haufen. Ich trug robuste Handschuhe und festes Schuhwerk zur kurzen Hose. Der über die tropfende Stirn gezogene Handrücken hinterließ schmutzige Spuren. Kampfspuren. So fühlte ich mich wohl.

Die freigelegten, muskelbepackten Oberkörper unserer Maurertruppe glänzten in der Sonne. Ein Braun, das zur Landschaft passte.

„Ach du Scheiße!"
Mein Mann steckte seinen Kopf unter die Dachreste, um ihn gleich wieder herauszuziehen.

„Hier sind zwei junge Käuzchen!"

Civette stünden unter Naturschutz, klärte uns Leandro auf. Vom Gesetz her, müssten wir die Arbeiten einstellen. Aber er lächelte und winkte ab. Sollten wir das Dach jetzt wieder eindecken? Die beiden Kleinen kauerten mit großen Augen im Schatten der verbliebenen Ziegel. Das war nicht mehr die rechte Bleibe bis zum Alleinflug. Auf dem Feld, das uns umgab, stand ein altes Brunnenhäuschen. Auf dessen Dach baute mein Mann einen neuen Unterschlupf, setzte die Obdachlosen in einen Karton und brachte sie in ihr neues Heim, in der Hoffnung, dass die Alte dem Ruf der Kleinen folgen würde. Aber sie schien eine Rabenmutter und so kauften wir Hackfleisch von der besten Sorte, und mein Mann versorgte die beiden „Waisen", während ich herumtelefonierte, um herauszufinden, wo man elternlose Jungvogel abgeben könnte. Weder Tassilo noch Martino oder Antonia hatten einen guten Rat. Beim Forstamt sollte ich es vielleicht mal probieren, aber die wollten mich dann gar nicht verstehen. Weder inhaltlich noch sprachlich.

Uns fiel der WWF ein, den es auch in Italien geben müsste, und ich beauftragte Antonia die nächste Adresse ausfindig zu machen und uns die Telefonnummer zu besorgen. Die Zeit drängte, die Kleinen hatten eine Nacht gehungert und waren gerade nicht sehr fressfreudig.

Und siehe da, nur zwanzig Kilometer in einer Kleinstadt im Landesinnern gab es ein Zentrum, und da sprach auch jemand am Telefon und erklärte mir, wo wir uns am besten treffen sollten, nachdem ich mich als ortsunkundig outete.

Wir hatten noch kein Navigationssystem (wir hinken gerne technischen Errungenschaften hinterher) und fuhren mit dürftigem Kartenmaterial das vorgesehene Gewerbegebiet an. Das gestreifte Gebäude, in dem Markisen hergestellt wurden, fanden wir nicht, und da die vereinbarte Uhrzeit immer näher rückte, blieben wir einfach am Straßenrand stehen.

Hochkonjunktur sieht anders aus.

Wir befanden uns am Rande des Gewerbegebiets, mit dem man offensichtlich einst viel vorhatte. Davon zeugte eine Infrastruktur aus einem angelegten Straßennetz, das unkrautüberwuchertes Bauland parzellierte. Hier und da ein Gebäudekomplex mit Schriftzügen in Leuchtbuchstaben, aber ohne Leben. Es war unerträglich heiß, und widerstandsfähige Botanik hatte sich stellenweise durch den weichen Asphalt gebohrt, um der Trostlosigkeit noch eins obendrauf zu setzen. Der Wind trieb Kugeln aus trockenem Gestrüpp vor sich her. In die bleierne Stille hinein summte ich die Melodie von „Spiel mir das Lied vom Tod" und ich wusste, dass Henry Fonda nur eine Fata Morgana sein konnte, der mir Tabakreste seines durchgeweichten Zigarillos vor die Füße spuckte. Wir öffneten alle Autotüren, damit der Durchzug über den Pappkarton streifen konnte, in dem die beiden grauen aneinandergeschmiegten Federknäuel mit Sicherheit ihre Mama vermissten. Für den Ersatz wählte ich die genannte Nummer und versuchte Rafael zu erklären, wo wir gestrandet waren. Er rief zweimal zurück, dann zeichnete sich in der Ferne ein Auto in der flimmernden Luft ab. Rafael nahm die Kiste, aber nicht das Geld, das wir dem WWF als Spende zukommen lassen wollten. Das dürfe er nicht annehmen, wir müssten den offiziellen Weg gehen. Ein wahrer Idealist!

Den Rest des Tages verbrachten wir mit der weiteren Zerlegung des Backhäuschens. Die Cottoziegel der Mauern fielen uns schon fast entgegen, so porös war der Zement mit den Jahren geworden.

„Ach du Scheiße!"

Das war wieder mein Mann. Ein drittes Käuzchen drückte sich ängstlich an die Mauerreste. Dies wird der Grund gewesen sein, warum die Alte keine Aufmerksamkeit für die beiden verlegten aufbrachte: am alten Ort gab es noch einen Schnabel zu füttern.

Ich rief Rafael an.

„Oggi no, possiamo vederci domani."

Erst morgen konnte eine Übergabe stattfinden, und so holten wir den Kleinen in unsere Wohnküche. Es war mein Mann, der nachts mehrfach aufstand und mit säuselnden Worten und Pinzette Futter in den offenen Schnabel stopfte. Ich hätte gerührt sein müssen, wäre ich nicht so müde gewesen.

L'AMORE PER GLI ANIMALI –
TIERLIEBE

Unsere kleine Maurermannschaft konnte den Aufwand gar nicht verstehen, den wir mit den *civette* betrieben hatten. Man hätte sie auch essen können. Bei dieser Bemerkung lachten sie alle drei.

Rosanna lachte auch, als sie mir zeigte, wie man die Singvögel in der Tomatensoße am besten isst. Das war bei Martino am großen Tisch. Ich konnte den kleinen Kopf mit dem Schnabel noch erkennen. Es knackte zwischen Rosannas Zähnen, während Martino mit seinen groben Händen den kleinen Piccolo auf seinem Schoß streichelte.

Der braun-weiße Mischling unserer nächsten Nachbarn liegt seit zehn Jahren an der Kette. Seine Freiheit verlor er mit unserem Eintreffen. Er war anfangs neugierig und besuchte uns gelegentlich. Das war den Nachbarn wohl unangenehm. Wir waren nicht nur einmal bei ihnen und baten um seine Freilassung.

„ Non si preoccupe! Cosi è anche più sicuro per lui. Ci sono tante macchine."

Das sei also eine Art Sicherheitsverwahrung, damit er nicht von einem der seltenen Autos (nicht wie behauptet *tante/*viele) erfasst würde, die hier vorbeikamen. Später kam ein Jagdhund dazu. Der bellte sich heiser in seinem knappen Betonverlies, aus dem er nur einmal im Jahr herausgelassen wird, um seiner Bestimmung Genüge zu tun. Wenn ich Hund wäre, ich würde Jagd auf mein Herrchen machen. Und dann nichts wie weg.

Bei der übergewichtigen Antonia lag ein schmutzigweißer Riesenhund an einer ausrangierten Achse mit zwei reifenlosen Rädern. Er sah aus wie ein zusammengerollter Flokati, und wenn er mich, wann immer ich die Straße entlang spazierte, schwach und kratzig anbellte, schaute er an mir vorbei, weil er blind war. Die Kette war gerade so lang, dass er sich bei Regen in den offenen Schuppen schleppen konnte. Ich wünschte ihm immer den erlösenden Tod. Als er es dann endlich geschafft hatte, weinte Antonia.

Von Marinas Hund klemmt ein Foto an der Glasscheibe des Küchenbuffets.

„Che bello, è un tesoro!" dabei strich sie zärtlich über die sich wölbende und vor sich hingilbende Fotografie. Der sogenannte Schatz befindet sich ausschließlich unter Verschluss. Wie man das mit Schätzen eben so macht. Ein kleiner Zwinger mit Hundehütte, über deren Eingang liebevoll sein Name gepinselt ist. CUCO.

Die *Dottoressa* vom Ende der Straße schien dem geleisteten Eid des Hippokrates auch die Tierwelt einbezogen zu haben. Sie päppelte jedes ihr zugetragenes Katzenbaby auf, das halbtot in irgendwelchen Müllhalden gefunden wurde. Viele Tage und Nächte hatte sie mit Geduld und Pipette Katzenmilch verfüttert, Wärmflaschen gefüllt und Streicheleinheiten verteilt. Mittlerweile fühlen sich vierzehn kastrierte Katzen bei ihr wohl, die sich wunderbar mit den vier Hunden aus dem Tierheim vertragen und auch das Federvieh in Ruhe lassen, das seinen Anfang mit fünf aus Dankbarkeit geschenkten Enteneiern nahm. Die Patientin dachte dabei wohl eher an eine Zutat für handgemachte Pasta, aber die *Dottoressa* brachte sie zum Ausbrüten weg und nach dreißig Tagen eine flauschige kleine Laufente nach Hause. Die sollte nicht alleine bleiben, und heute tummeln sich neben Enten auch Hühner und Gänse auf dem weitläufigen Grundstück, ohne Angst vor dem Schmortopf haben zu müssen.

UN LAVORO DI QUALITÀ
QUALITÄTSARBEIT

Qualität ist niemals Zufall; sie ist immer das Ergebnis hoher Ziele, aufrichtiger Bemühung, intelligenter Vorgehensweise und geschickter Ausführung.

Wie Recht William T. Forster doch hatte (amerik. Professor 1879 – 1950)! Wir bemühten uns aufrichtig, gingen intelligent vor und wurden von Raum zu Raum immer geschickter. Wir lieferten zweifellos Qualität ab. Die Nachweise dazu fand ich in Restaurants, öffentlichen Toiletten, auf Ämtern, in Arztpraxen. Überall dort, wo Handwerker gestrichen oder Fliesen verlegt hatten, stellte ich den Vergleich an. Ich konnte gar nicht mehr anders. Mein Blick wanderte automatisch an die Schwachstellen, die mir aus eigener Erfahrung bekannt waren. Manchmal konnte ich mich regelrecht aufregen, wenn ich auswärts auf einem Klo saß und viel Zeit hatte, mein begrenztes Umfeld unter die Lupe zu nehmen. So manche Schlamperei hätte ich gar nicht durchgehen lassen, geschweige denn, dafür bezahlt.

Nachdem wir das abgetragene Material des abbruchreifen Teils des Backhäuschens gesäubert und ordentlich für den Wiederaufbau gestapelt hatten, mussten wir schweren Herzens wieder an die Innenarbeiten gehen, denn Weihnachten wollten wir mit den Kindern im Haupthaus feiern (*Qualität ist niemals Zufall; sie ist immer das Ergebnis hoher Ziele!*).

Wir fliesten drei Badezimmer, mein Mann mauerte Waschtische und eine Küchenzeile für LUNA. Danach klebte ich gefühlt 20 000 Balken und Fenster ab und fing mit den Malerarbeiten an. Es war so heiß, dass die Farbe im Eimer verdunstete und ich immer wieder Wasser dazu schütten musste. Ja selbst am Pinsel schien die Farbe schon in den Trockenprozess überzugehen, während ich die Leiter hochkletterte! Ich strich in sommerlicher Kleidung und musste mir jeden Abend die Farbspritzer von der Haut schrubben, die wie Sommersprossen Arme und Beine besiedelten.

Wir freuten uns über jeden Raum, dem wir nach dem letzten Pinselstrich die Klebebänder entfernten. Sie wirkten dann so heimelig, dass ich in Gedanken Möbel stellte und Bilder aufhängte. Es war nicht mehr weit zum Gugelhupf mit Puderzucker!

Den hatte ich in SOLE natürlich schon gebacken, aber er bekam von mir noch nicht die angestrebte Bedeutsamkeit. Wir waren noch nicht ganz zuhause. Was uns nicht davon abhielt, gelegentlich Gäste zum Abendessen zu laden. Es durften nie mehr als sechs sein, weiter reichte unser Geschirr nicht.

Es war im August, als ich eine Gans in den Ofen schob. Die hatte ich beim Bauern gekauft.

„Oche da vendere" steht zu dieser Jahreszeit auf den handgemalten Schildern am Straßenrand. Die werden hier traditionell im August aufgegessen. Quasi nach getaner Erntearbeit. Wir hatten Martino eingeladen und aßen draußen.

„Ci penso io", sagte Martino und zerlegte mit brachialer Gewalt den knusprig braunen Gänsebraten zur Unkenntlichkeit. *Sich drum zu kümmern* hatte mit sorgfältigem Tranchieren offensichtlich nichts zu tun.

Als die Sonne hinter dem Hügel verschwand, tauchten Wolken von kleinen Insekten auf. Sandfliegen. Es wurde so schlimm, dass wir beim Essen immer eine nicht unerhebliche Ration davon mit hinunterschluckten. Ob das normal sei, fragten wir Martino. Das wisse er nicht, weil er immer drinnen essen würde.

In der Nacht kratzte ich mir die attackierten Schultern blutig. Am Tage übte ich Rache. Die Viecher harrten in den schattigen Ecken meines Arbeitsplatzes der heranziehenden Dämmerung. Ich ertränkte sie in Farbe. Ich pastete sie regelrecht mit dem Pinsel ein. Zurück blieben ein Raufasereffekt und Genugtuung.

Natürlich war das nur ein Bruchteil der Plage, der ich ein Ende in Zartbeige setzen konnte. Wir wurden fast jeden Abend attackiert und mussten uns nach drinnen zurückziehen, wo wir mit dem Staubsauger die „Kollegen" von den Wänden holten, die es geschafft hatten, uns hinterher zu fliegen. Es handelte sich glücklicherweise um ein Ausnahmejahr. Es wäre ein Verkaufsargument gewesen.

So verbrachten wir manchen Sommerabend im Schutz der Wände bei geschlossenen Fenstern (die Biester drängten sich blutrünstig durch die Maschen der Fliegengitter!) und überlegten, während uns der Schweiß aus allen Poren trat, wie wir die Ummantelung des Kaminofens gestalten sollten. Wir hatten uns für den Mercedes unter den Kaminöfen entschieden. Nach sechs Jahren Taipei ohne Heizung, auch wenn die relativ milden Winter nur kurz waren, wollten wir Nägel mit Köpfen machen. Ich wollte sogar dermaßen auf Nummer sicher gehen, dass ich es nicht zuließ, die baulichen Maßnahmen zu ergreifen, um Wärme in die oberen Räume weiterzuleiten. Die hatte sich komplett um die 64 Quadratmeter im Wohnzimmer zu kümmern! Meine hartnäckige Entscheidung ließ sich nach der ersten Erfahrung leider nicht mehr rückgängig machen. Heute reißen wir bei Bedarf Fenster und Türen auf, damit der unerträgliche Überschuss sich nach draußen verflüchtigen kann.

Mein Mann hatte einen wunderschönen Entwurf aufs Papier gebracht, aber er wusste, dass die verbleibende Zeit es nicht erlaubte, ihn eigenhändig umzusetzen. Tassilo besorgte uns Gianluca, einen Maurer in Rente, dem an der rechten Hand eineinhalb Finger fehlten, aber nicht die Vorstellungskraft, unseren Kaminofen eins zu eins der Zeichnung entsprechend einzukleiden. *Un vero lavoro di qualità!*

Coincidenza heißt Zufall auf Italienisch. Der Tischler meldete sich, als wir dem Malerwerkzeug die Endreinigung verpassten und es verstauten. Alle Fensterläden und Türen seien fertig und könnten montiert werden. Weihnachten mitten im Sommer!

Achtundzwanzig Fensterläden, dreizehn Innentüren und zwei Haustüren trieben mir die Tränen in die Augen. War das schön! Und wie glücklich waren wir, Salvatore von dieser Aufgabe entbunden zu haben. Das, was er geliefert hatte, zeigte schon nach ein paar Monaten Spuren von Verschleiß. Jetzt hatte man uns wahre Qualität montiert!

Dem Küchenlieferanten konnte ich ein paar Tage später sagen, dass es das Haus mit den rotbraunen Fensterläden sei, wo sie ausladen sollten.

Zur Abrundung unseres Glücks fehlte nur noch Fortunato. Es wurde schon wieder herbstlich, als er mit zwei Mitarbeitern und unzähligen bunten Kabelrollen anrückte. Mit denen füllte er die Leerrohre und richtete einen Kabelsalat an, der in allen Farben aus der Wand heraus quoll, wo der Zählerkasten hinsollte. Da war es aus mit meiner *fiducia,* ich traute diesem Chaos keine geregelte Ordnung mehr zu und spürte schon die Stromschläge aufgrund diverser Fehlverbindungen. Fortunato schenkte meinen Befürchtungen ein Lächeln und verabschiedete sich von seinen Mitarbeitern mit genuschelten Anweisungen. Die standen dann vor dem Gewirre, bildeten Bündelchen, zerteilten, oder drückten einige Kabel beiseite. Wenn es nicht um unsere Stromversorgung gegangen wäre, hätte ich auf Makramee getippt.

LA MAMMA – DIE MAMA

Der Sommerhit 1989 „Viva la mamma" von Eduardo Bannato wird auch heute noch gerne über den italienischen Äther geschickt. Eines von zahlreichen Liedern, die "La Mamma" in höchsten Tönen huldigen, weil ihr nachgesagt wird, die beste Mutter der Welt zu sein.

Für mich hätte niemand gesungen. Ich bin in den Augen der Italiener, oder besser gesagt der Italienerinnen (sie sind der Maßstab) keine richtige „Mamma". Waren unsere Kinder in den bauintensiven Sommermonaten zeitweise bei uns, ließen wir sie Steine schleppen, Erdhügel versetzen, Kies verteilen und alte Balken bürsten. Mit italienischen Worten: wir haben sie gequält. Als gut meinende Eltern betrachteten wir dieses Einbinden jedoch als pädagogisch wertvoll. Die bestürzten „Super-Mammas" forderten deren Freilassung und ausreichend Taschengeld, um *Dolce Vita* in strandnahen Diskotheken auszuleben.

Ich stellte mir häufig die Frage, ob nicht die Mammas die Gefangenen wären, die sich selbst an die Kette legten, aber auch, weil der gesellschaftliche Druck es ihnen abverlangt. Die Kinder sind ihr Lebensmittelpunkt, sie verwöhnen sie bis hin zur Unselbstständigkeit. Sie haben kein Alter, sie bleiben immer Kinder, so wie der Sohn von Marina, der mit Mitte Vierzig und unverheiratet zu Hause noch sein Jugendzimmer bewohnt, in dem „La Mamma" täglich die Laken glatt streicht und ich als einzig persönlichen Ausdruck ein Poster von Inter-Mailand entdecken konnte, das mit

Tesafilm an einer Schranktür klebte. Ansonsten eine liebevolle Ordnung, drei Mahlzeiten inbegriffen, an der der ungebundene „Spross" nicht einmal in Gedanken rütteln möchte.

Wir haben unsere Kinder aus dem Nest geworfen und noch viel schlimmer, wir haben das Nest über Grenzen hinweg verlegt, das Zuhause entrissen, Geborgenheit verwehrt.

„Mamma mia…!" bin ich doch heilfroh, nicht zu den besten Müttern der Welt gehören zu müssen!

IL GRANDE TRASLOCO
DER GROSSE UMZUG

Wie oft hatte ich den immer wieder anfallenden Dreck während der Bauphase zusammengekehrt! Gefühlt waren es Tonnen. Aber jetzt war Schluss mit den groben Arbeiten, ich erklärte mein auf Hochglanz gebrachtes Reich zur handwerkerfreien Zone. Bei Todesstrafe!

Leere, großzügige Räume warteten auf die Einrichtung. Eine Bühne für die Callas!

Meine Mutter kam vor den Möbeln. Sie wollte beim Auspacken helfen, und da ich beim Einpacken dabei war, wusste ich um die Papiermengen, die es zu entfernen galt, und war ihr dankbar dafür.

Es war Anfang November, die Sonne schien und die Temperaturen brachten die Packer ordentlich ins Schwitzen. Ich saß mit einer Liste auf der Terrasse und schaute nach den Nummern auf den Paketen, um den Inhalt zu ermitteln. Daraufhin gab es von mir die Order, für welchen Raum (die hatte ich alle nummeriert) die Kisten bestimmt waren. Jeder Stuhl, jeder Tisch, Sessel, Sofa, Betten, Bänke, alles war verpackt und doch noch als solches erkennbar. Man hätte eine Christo Ausstellung daraus machen können, aber um das Auspacken der Großteile kümmerten sich die Fachleute umgehend, und somit war das mit der Kunst schnell vorbei. Darüber, dass sie die Papier- und Pappberge auf dem Grundstück lassen durften, waren sie mehr als glücklich. Meine Mutter produzierte parallel Verpackungsmüll. Bei einem Überseeumzug ist das nicht wenig. Sie stieß jedes Mal einen spitzen Schrei aus, wenn sie aus mehreren Lagen Papier und Wellpappe ein Glas zu Tage förderte. Als wäre sie nach sich anbahnender Hoffnungslosigkeit doch noch auf eine Überraschung gestoßen. Mein Mann war für die Entsorgung zuständig und entschloss sich, den aus dem Ruder laufenden Haufen anzuzünden. Die Feuersäule hielt sich über Stunden. An Nahrung mangelte es nicht, und zu den spitzen Schreien meiner Mutter gesellten sich bald die ersten Nachbarn, die befürchteten, wir hätten unser liebevoll restauriertes Haus angezündet.

Zu den blau-weiß-roten Kisten aus Taiwan kamen welche in braun-grün dazu. Darin befand sich all der Hausstand, der damals nicht mit auf die Reise nach Asien gegangen war. Dinge, die wir eingelagert hatten, weil wir glaubten, dass sie unverzichtbar wären. Diese Kisten stapelten wir doppelschichtig an die Längswand der *Cantina*, wo später die Weinvorräte ihren Platz haben sollten. Dort waren sie zu diesem Zeitpunkt erst einmal aus den Füßen. Zwei Tage brauchten die Packer, um den Umzugswagen mit Hänger zu leeren und unser Haus zu füllen. Und es brauchte nur ein gutes Jahr, dass sich mein Mann und ich an den Minimalismus in SOLE gewöhnt hatten. Nun zweifelten wir, ob das umgekehrt auch funktionieren würde und wir das Zuviel bald wieder als normal betrachten könnten. Später, als ich die braungrünen Kisten auspackte, habe ich geweint. Wie konnte ich vor sieben Jahren all diesem Plunder (an vieles konnte ich mich gar nicht mehr erinnern!) solch einen Wert beimessen, dass eine Trennung nicht in

Frage kam? Die fand jetzt in Italien statt. Meine Opfer waren Nachbarn, „unsere" Italiener und das italienische Müllsystem. Seinen Abfall warf man seinerzeit unsortiert und unlimitiert in Rollcontainer, die an den Straßen standen. War der eine voll, zog ich zum nächsten. Vermeintlich Brauchbares stellte ich gut sichtbar daneben, und offensichtlich hatten nicht wenige ihre Freude daran.

Auch wenn ich kräftig ausmistete, im Haupthaus wurde es, zumindest optisch, nicht weniger.

Erst als die Bilder an den Wänden hingen, die Bücher im Regal standen, die Lampen montiert, die Schränke gefüllt und etliche Kisten geleert waren, gab es Luft. Aus SOLE räumten wir all das wieder raus, was dort nie reingehört hatte und suchten im Haupthaus die richtigen Plätze. Und auch wir nahmen unseren neuen Platz ein, in unserem Zuhause in der Fremde, was uns nun so groß und perfekt zur Verfügung stand. Und zu all meiner Begeisterung gesellte sich der Gedanke, dass ein Zurück, wenn wir es uns doch einmal anders überlegen sollten, seine Unkompliziertheit verloren hatte.

Es gelang mir nicht, ein paar Tonfolgen von Tosca zu pfeifen.

IL GIARDINO – DER GARTEN

Weihnachtsbäume stehen in der Regel im Wohnzimmer und haben dort alle Jahre wieder ihren festen Platz. Meist dort, wo sie nicht im Wege stehen, und man nicht über die Geschenke stolpern muss, die unter und neben ihren Zweigen lagern.

Wir hatten bei unserem Platzangebot die freie Auswahl und stellten unseren Weihnachtsbaum nach dem Kriterium der Wirkung auf.

Als die Kinder wieder zufrieden abgereist waren, und der Baum uns abgeschmückt und zerkleinert im Kaminofen abschließend mit physischer Wärme versorgte, packten wir die Koffer und flogen mit unseren verbliebenen und kurz vor Verfall stehenden Lufthansa Meilen nach Australien, um den durchgearbeiteten italienischen Sommer nachzuholen. Sechs Wochen mit dem Camper nur zum Vergnügen unterwegs nach Monaten des Großeinsatzes kamen einem freien Fall von Hundert auf Null gleich. Diese Unterforderung blähte unsere Einsatzbereitschaft für den Garten wie einen gigantischen Luftballon auf, dem nicht mehr viel bis zum Zerplatzen fehlte. Wir waren fast erlöst, als wir dem Flieger entstiegen und unsere Füße wieder auf Wahlheimatboden setzen durften.

Abgesehen von den Ulmen, die entlang der Straße unser Grundstück begrenzten, stand auf unserem Gelände kein einziger Baum.

Wir hatten wahres Gartenwetter, als wir Mitte März Bäume shoppen gingen. Eine Kastanie, zwei mittelgroße Olivenbäume, zwei Steineichen, zwei Prunus und drei Maulbeerbäume machten den Anfang. Aus unserem Kofferraum waren sie längst herausgewachsen, Anlieferung und Pflanzlöcher ausbaggern lassen war unumgänglich. Allerdings passierte das nicht unverzüglich, und in der Zwischenzeit kümmerte ich mich um die Vielfalt unserer Unkräuter. Mit einem Eimerchen hätte ich nicht loszuziehen brauchen, die Biomasse einer Pflanze reichte für „randvoll". Ich füllte Schubkarren, während sich mein Mann um Wege, Plätze und Einfriedungen kümmerte. Ich legte Quadratmeter um Quadratmeter frei und ignorierte nach der Fläche eines Reihenhausgärtchens meine Rückenschmerzen, wohl wissend, dass noch eine ganze Reihenhaussiedlung vor mir lag. In meinem Unkrautendlager türmte sich das frische Grün, das in der Frühlingssonne dahinwelkte und zusammenrutschte, ohne das Anwachsen des Berges aufhalten zu können, denn der bekam immer wieder ordentlich was obendrauf.

Leandro verstand meine Anstrengungen gar nicht (das kleine Familienunternehmen errichtete gerade an der Stelle des von uns zerlegten Schweinestalls das Schwimmbadhäuschen). Er würde nur alles abmähen, man käme eh nicht gegen diesen Wildwuchs an. Hauptsache grün.

„Ihr kennt auch keine Kuchenvielfalt", dachte ich, „ich werde euch zeigen, was möglich ist!" und rammte den Spaten in die trockene Erde.

Ich kenne mich nicht aus mit Unkräutern. Außer der Quecke und der Ackerwinde kann ich keines mit Namen benennen. Aber ich lernte sie zu unterscheiden und mal mehr oder weniger zu hassen. Auf Platz eins stand die Quecke. Nur ein zurückgelassenes Wurzelstückchen reicht für einen kompromisslosen Neuanfang. Ich grub stellenweise bis über einen Meter in die Tiefe, um die letzten Wurzelnester auszuheben. Ich legte mir sogar eine kleine Kampfzone an, auf der ich erproben wollte, wer als Sieger aus dieser Schlacht hervorgehen würde. Jedem noch so winzigen sich zeigenden Grün grub ich mit fletschenden Zähnen hinterher. Das machte ich einen Sommer lang. Betrachte mich aber nicht als Verlierer, denn mittlerweile ist unter anderem auch Gras über die Sache gewachsen. Platz zwei belegte die Ackerwinde. Eigentlich hätte man die beiden zusammen auf Platz eins packen können. Nur lästig und unausrottbar! Dann gab es ein Unkraut, dessen wuchernde Stängel …oh, es heißt Kletten-Labkraut, das hat mir Google verraten… mir an den Handschuhen hingen, in den Haaren und in der Kleidung klebten. Ein anderes breitete sein Blattwerk tellerförmig auf dem Boden aus und schob eine nette rosa Blüte über einen langen Stangel in die Höhe. Das war leicht zu entfernen. Alle Blätter in der Hand bündeln und dann kurz drehen. Mit diesem Handgriff war einem anderen Rosablütler nicht beizukommen. Der bohrte seine Pfahlwurzel in Tiefen, die ein Überleben im trockenen Sommer garantierten. Ich verteilte Namen wie Palmenköpfchen, Stinkeblatt, Zackensalat, Lauchgras, Rhabarberstängel und Haarwurzler. Ein Unkraut hatte die Blüte wie die einer Kamille, und wenn sie verblüht war, gab es ein kleines Pusteblümchen. Diese Art stand flächendeckend überall, und ich nahm mir über die Jahre die

Ausrottung jenes Unkrauts vor. Meine Aufmerksamkeit war darüber dermaßen geschärft, dass auch außerhalb unseres Grundstückes beim Anblick des „Kamillchens" mein Jagdinstinkt geweckt wurde.

Aber ich konnte meinen außerhäuslichen Zupfreflex unterdrücken, dabei half mir die Tatsache, dass das erste „Reihenhausgärtchen" schon wieder in einem unerwünschten gesunden Grün erleuchtete, nachdem ich mit der gesamten „Siedlung" durch war. Da schwollen meine Emotionen an, und ich weiß nicht, welche Art von Emotion den deutschen Schriftsteller Jan Wagner veranlasst hatten, den unkaputtbaren Giersch in Versform zu bringen, was auch, zugegebener Weise, meine Fantasie hinsichtlich der Queke beflügelte.

Queken queren meine Wege
Querulanten sozusagen.
Da kann ich mich noch so plagen,
selbst Experten hört man klagen.
Wen soll man denn sonst befragen,
wie den Gartenterroristen meisterlich
zu überlisten
und erfolgreich auszumisten?

Die Anlieferung unserer Bestellung aus der Gärtnerei lenkte mich ab und brachte mich sogar in Hochstimmung, als zehn Bäume ihren Schatten auf unser sonnenbeschienenes Grundstück warfen. Es kam uns vor, wie die Möblierung eines leeren Zimmers, und wir betrachteten es begeistert aus jeder Perspektive, den abschließenden Blick vom Schlafzimmerfenster ließen wir nicht aus. Ganz ohne wehendes Leinen hörte ich die Stimme der Callas.

Aber mit den Bäumen war es nicht getan. Ich nahm meinen Kampf wieder auf und freute mich über alle Maßen, als die Grube für das Schwimmbad ausgehoben wurde. Eine nicht zu unterschätzende Fläche, um die ich mich nicht mehr kümmern musste.

In den „Rest" säten wir Bodenverbesserer ein. Lupinen, Luzerne, Bienenweide und Gelbsenf. Die Lupine wollte sich nicht um unseren Boden kümmern, sie **ver**kümmerte. Bei der Bienenweide war der Name Programm. Hier blühte ordentlich was den Honigsammlern! Der aus Deutschland mitgebrachte Gelbsenfsamen ging uns bald aus. In Italien wollte mir niemand Nachschub verkaufen. Man schüttelte nur den Kopf, weil der Kunde hier in der Regel nur ein Mittel **gegen** Gelbsenf haben möchte.

Unser Boden blieb trotz aller Bemühungen das was er war - eine Herausforderung. Stück für Stück legten wir frei und bepflanzten die Partien nach unseren Vorstellungen. Meine Johannisbeer- und Stachelbeersträucher kompostierte ich nach dem ersten Sommer. Das war eine Fehlentscheidung. Aber selbst wenn wir alles richtig machten, gab es immer wieder Rückschläge. Starker anhaltender Wind, Hagel, Trockenheit oder zuviel Wasser, Schnecken, Raupen, Pilzbefall, Vögel, Mäuse, Nährstoffmangel. All das verhinderte immer mal wieder ein entspanntes Gärtnern, und ich sehnte mich nach dem Verfliesen eines Badezimmers zurück, das nach getaner Arbeit stand, und an dem kein Tiefdruckgebiet oder sonst was rütteln konnte.

AMICIZIA

FREUNDSCHAFT

In Italien werden Freundschaften fürs Leben geschlossen...heißt es.

Amicizia hat einen Stellenwert wie *fiducia.* Martino hatte offensichtlich keine *fiducia* mehr, und darunter hatte die *amicizia* zu leiden.

Es war an einem Abend im April, als wir ihn zum Abendessen erwarteten. Er kam immer gerne und war offen für neue Gerichte, die in seinem italienischen Speiseplan nicht vorkamen. Ich hatte einen Sauerkrauteintopf gemacht. Zugegeben, ich wollte testen, wo die Grenzen seiner kulinarischen Ausflüge lagen. Aber an diesem Abend ging es um ganz andere Grenzen, die er in angetrunkenem Zustand nuschelnd einforderte.

„Mi sento truffato!"

Für meinen Mann und mich war das ein ganz neues Wort, wir mussten erst nachblättern. Dass es sich um keine Freundlichkeit handelte, dafür sprachen Gestik, Intonation und ein gehöriger Alkoholpegel.

truffare – betrügen, prellen, abzocken

Martino stocherte im Sauerkraut, und wenn er nicht stocherte, goss er sich Wein ins Glas und kippte ihn in einem Zug in sich hinein.

Wir starrten ihn dabei irritiert an und fragten „ cosa abbiamo fatto?"

Wir wüssten schon genau, was wir gemacht hätten,... abgekartetes Spiel mit dem Immobilienmakler, der bei der Grundstücksvermessung dabei gewesen sei!

„Cosa...?"

Unser Grundstück sei zu groß, wir hätten uns an seinem Eigentum unerlaubt vergriffen. Er wolle wieder zurückhaben, was ihm gehöre.

Er goss sich den Rest aus der Weinflasche ein und knallte sie auf den Tisch zurück.

„Noi siamo truffatori?!" mein Mann schnaubte und wollte den Betrüger nicht auf sich sitzen lassen. Er holte die Akte „Letzte Hütte" von oben herunter.

Ich schob den Sauerkrauteintopf und alle Teller beiseite, und wir breiteten die unterzeichneten Pläne aus und zeigten ihm seine Unterschriften zu dem neu eingezeichneten Grenzverlauf. Von allen standen die Namenszüge auf dem Dokument: Isabella, Giulia, der Düngemittelhändler und seine Schwestern. Damit konnten wir keine Überzeugungsarbeit leisten, seine Unterschrift wäre erschlichen worden, indem wir die Zeichnungen weggeknickt hätten.

Daraufhin wurde mein Mann böse, er wolle sich derartige Beschuldigungen nicht anhören. Da mir das nötige Vokabular fehlte (emotionale Ausbrüche kann man sich nicht im kleinen Langenscheidt zusammenblättern), räumte ich geräuschvoll den Tisch ab, quasi ein demonstrativer Schlussakt.

Der wurde auch so verstanden, und Martino wankte aus unserem Wohnzimmer hinaus, nicht ohne eine Salve unverständlicher Drohungen vor sich herzuschnauben.

Der Sauerkrauteintopf war zwischenzeitlich kalt geworden, wir hatten aber auch keinen Appetit mehr.

Zur großen 1. Mai-Sause wurden wir in diesem Jahr nicht eingeladen, und auch danach gab es keine Lebenszeichen. Das fühlte sich nach einem Ende einer deutsch-italienischen Freundschaft an.

Bevor wir unser Terrain gänzlich einzäunen ließen (nein, keine Trotzhandlung, eine gesetzliche Notwendigkeit wegen des Schwimmbades), kümmerten wir uns um ein Gartenunternehmen, das über schweres Gerät verfügte, um die beiden uns zustehenden Olivenbäume aus- und bei uns wieder einzugraben. Und wieder diese *coincidenza,* der Zufall, dass auch Martino mit der richtigen Ausrüstung just an diesem Tag vor Ort war, um Olivenbäume vom Acker zu holen. Die beiden Bagger standen sich mit laufenden Motoren wie zwei Kampfhunde gegenüber.

„Qui nessuno porta via un albero del terreno!" Martino stellte sich breitbeinig und mit den Fäusten in die Seiten gestemmt unserem Gärtner in den Weg. Der Gärtner war ein friedliebender Mensch, dem die Natur am Herzen lag, weitab von Krieg. Er eilte auf meinen Mann zu, der ihm kurz die Situation erklärte.

Nicht ein Baum sollte in unsere Hände fallen, wir hätten uns auch nicht an die Abmachungen gehalten! *Occhio a occhio dente per dente.* Auge um Auge, Zahn um Zahn.

Das waren Martinos letzten Worte. Definitiv das Ende einer Freundschaft. Uns tat es um den Rest der italienischen Sippe leid, die musste sich wohl dem *capo,* dem Familienoberhaupt, beugen und den Kontakt abbrechen.

An diesem Tag fanden dann doch noch zwei mächtige Olivenbäume in unserer Erde eine neue Heimat. Allerdings mussten wir dafür bezahlen.

SUSANNA - SUSANNE

Ich stand mit den Gurken in der Tüte an der Waage im Supermarkt und hatte die Nummer vergessen.

"Die Gurkennummer...!" rief ich meinem Mann zu, der an unserem Einkaufswagen stand.

"Sechsunddreißig." Die Stimme war direkt hinter mir und sie war weiblich. Das war Susanne.

Mit Susanne gerieten wir in einen Strudel, der mit seinem Mechanismus auch unser einstiges Expatleben mit immer neuen Bekanntschaften versorgt hatte. Es braucht nur ein Abendessen mit sechs Leuten und eine Folgeeinladung. Das ist dann der Multiplikator, und nach ein paar Monaten kann man von einem umfangreichen Bekannten- und Freundeskreis sprechen.

Wir lernten illustre und weniger illustre Menschen kennen. Der Wunsch nach einem Haus im Süden vereinte uns alle. Und viele sind uns über die Jahre ans Herz gewachsen. Alle haben sie ihre Geschichte zu ihrem *casolare.* Wir haben uns unzählige davon angehört und konnten sie auch teilweise miterleben. Der "Strom" der Gleichgesinnten reißt nicht ab. Wir saßen auch so manches Mal zum Abendessen in "meiner" Nummer eins. Die gehört jetzt Uwe und Svenja.

Als wir von den Problemen hinsichtlich des Kaufs erfuhren, war sogar ich froh, dass wir uns damit nicht hatten rumschlagen müssen. Und mit der Staubstraße sind sie auch nicht sehr glücklich.

Aber zum Glücklichsein gehört auch immer ein bisschen Unglück.
Es wäre ja nicht auszuhalten, immer oben auf der Welle zu reiten. Man muss auch gelegentlich runterkommen, um das Oben wieder richtig spüren zu können. Das verblasst nämlich, wenn es ständig zur Verfügung steht. Es wird langweilig.
Langeweile kommt bei uns ganz selten vor, genauer gesagt, überhaupt nicht. *Manutenzione*, das heißt Instandhaltung, Wartung, Pflege. Ganzjährig.
Die Abwesenheit von Langeweile bedeutet aber nicht automatisch Dauerglück, keine Callas in der Endlosschleife. Zumindest bei mir schlummert eine kleine Restsehnsucht nach Deutschland, die immer dann geweckt wird, wenn ich von Theateraufführungen, Ausstellungen oder sonstigen Veranstaltungen lese. Wenn ich mich in Illustrierten durch blühende deutsche Landschaften blättere (unsere Reisen in die Heimat finden in der Regel im November und Februar statt), wenn ich von der Brotvielfalt in deutschen Bäckereien träume, wenn ich eine festkochende Kartoffel vermisse, wenn ich beim Kaffeeröster Tchibo das Angebot der Woche wahrnehmen möchte, wenn ich mal ganz schnell zum Arzt gehen müsste, wenn sich das Aufeinandertreffen mit Freunden und Familie limitiert anfühlt. Aber was, wenn das alles jederzeit zur Verfügung stünde? Dann hätten wir einen anderen Weg eingeschlagen und von der Abzweigung, die wir jetzt leben, weiterhin nur geträumt.
Das Leben verlangt so manche Entscheidung. Einige sind alternativlos, aber wenn man die Wahl hat, kann sie auch zur Qual werden. Welcher Weg ist der

richtige? Die Angst, den falschen zu wählen und dann bestraft zu werden, sitzt immer im Nacken.

Gestern sind unsere fünf Enkel mit ihren Eltern abgereist. Zwei Wochen Ausnahmezustand liegen hinter uns. Das war keine Strafe. Über die Jahre wurden hier erste Breie verfüttert, zarte Wortschätze erweitert, schwimmen gelernt, blasse Haut gebräunt und es gingen Milchzähne verloren. Alles bei Urlaustimmung und ganz ohne Alltours.

Nicht alle Menschen, die uns nahe stehen, müssen an- und wieder abreisen. Auch hier ist ein Freundeskreis gewachsen. Tassilo gehört zum Herzstück, auch wenn sein Einsatz als Geometer längst abgeschlossen ist. Freundschaft ist keine Vertragsangelegenheit. An seinem Frauenbild muss ich allerdings noch arbeiten. *Le donne...* da ticken fast alle italienischen Männer gleich. Der Machismo ist weiterhin sehr lebendig. Da wäre die "Super-Mamma" gefragt. Sie sitzt an den Schalthebeln und könnte über Erziehung vieles in die richtige Richtung steuern. Eine Aufgabe für die kommenden Generationen. Da gehören wir definitiv nicht mehr dazu, bleiben aber mit Sicherheit noch ein bißchen. Nicht nur wegen des
Gugelhupfs, der schief auf meinem Küchentisch steht, oder wegen des luftigen Leinens, das im Mittagswind flattern.
Vissi d'arte, vissi d'amore...Ich lebte für die Kunst, ich lebte für die Liebe...
Wir leben unseren Traum.